WEI YUEDU

微阅读
1+1工程

1+1 GONGCHENG 第七辑

情感谍报

陈武

百花洲文艺出版社
BAIHUAZHOU LITERATURE AND ART PRESS

图书在版编目（CIP）数据

情感谍报／陈武著. —南昌：百花洲文艺出版社，
2014.9（2018.12重印）

（微阅读1＋1工程）

ISBN 978－7－5500－1058－1

Ⅰ.①情… Ⅱ.①陈… Ⅲ.①小小说—小说集—中国
—当代 Ⅳ.①I247.8

中国版本图书馆 CIP 数据核字（2014）第 195362 号

情感谍报

陈武 著

出 版 人：姚雪雪

组稿编辑：陈永林

责任编辑：张 越

出 版：百花洲文艺出版社

发行单位：全国新华书店

印 刷：龙口市新华林文化发展有限公司

开 本：700mm×960mm 1/16

印 张：12

版 次：2015 年 3 月第 1 版

印 次：2018 年 12 月第 3 次印刷

字 数：128 千字

书 号：ISBN 978－7－5500－1058－1

定 价：29.80 元

赣版权登字：05－2015－18

邮购联系：0791－86895108

网址：http：//www.bhzwy.com

图书若有印装错误，影响阅读，可向承印厂联系调换。

前　言

以"极短的篇幅包容极大的思想"，才能够以小胜大，经过读者的阅读，碰撞出思想的火花，震撼人的心灵。正因为这样，微型小说成为一种充满了幽默智慧、充满了空灵巧妙的独特文体。

如果说在二十一世纪的头一个十年，是互联网大大改变了我们的生活，那么在我们正在经历的第二个十年里，手机将更为巨大地改变我们的生活。如今，以智能手机为平台，正在构成一个巨大的阅读平台。一种新的阅读方式正不知不觉地走进大众的生活。一个新的名词就此产生，它便是"微阅读"。微阅读，是一种借短消息、网络和短文体生存的阅读方式。微阅读是阅读领域的快餐，口袋书、手机报、微博，都代表微阅读。等车时，习惯拿出手机看新闻；走路时，喜欢戴上耳机"听"小说；陪人逛街，看电子书打发等待的时间。如果有这些行为，那说明你已在不知不觉中成为"微阅读"的忠实执行者了。让我们对微型小说前景充满信心和期待的是，微型小说在微阅读的浪潮中担当着极为重要的"源头活水"。

　　肩负着繁荣中国微型小说创作、促进这一文体进一步健康发展的责任和使命，微型小说选刊杂志社推出了"微阅读1＋1工程"系列丛书。这套书由一百个当代中国微型小说作家的个人自选集组成，是微型小说选刊杂志社的一项以"打造文体，推出作家，奉献精品"为目的的微型小说重点工程。相信这套书的出版，对于促进微型小说文体的进一步推广和传播，对于激励微型小说作家的创作热情，对于微型小说这一文体与新媒体的进一步结合，将有着极为重要的作用和意义。

编者

2014 年 9 月

目 录

在别处

老吴本来就喜欢喝两杯，再加上单位里事多，应酬自然是少不了的。

说起来让老吴有些难为情，经常干扰老吴痛快喝酒的，不是别人，是老婆李树叶。老吴贵为局长，在单位里呼风唤雨，在社会上也是有大名的人物，可在老婆面前，就熊得不得了。似乎每次喝酒，不是和李树叶斗智斗勇，就是和她纠缠不休。也不知是不是老吴有什么软手柄拿在李树叶的手里，抑或她天生就是敏感的女人，老是担心丈夫夜晚迟归是心有所依，或有别的什么勾当，所以，她勒令老吴晚上在外应酬不得超过九点半，一过九点半，就要反锁大门，休要进家。老吴呢，知道李树叶也不是什么坏心，也就尽量顺着她的意思，男人嘛，能屈能伸，何必为这点小事伤和气？

喂，树叶，今晚单位有事，你自己吃啊。

通常情况下，老吴都是这样，在下班之前跟老婆请假。李树叶高兴了，就关照他，少喝点啊，什么东西都可以不在乎，身体可是你自己的。李树叶要是不高兴了，一声不吭，就掐断了手机。

老吴为了让老婆消除误解，另外也算是一种尊重吧，他每天晚上喝酒喝到八点左右时，都要给老婆再打一次电话。

喂，树叶，还没睡啊？呵呵，我和大牛在一起，来，大牛跟你说两句。

大牛是老吴的办公室主任，人高马大又一表人才，加上属牛，就叫大牛了。

大牛接过吴局长递过来的手机，说，嫂子，你放心，周局没喝什么酒，就是一点白葡萄酒。等一会我让司机亲自交给你。

李树叶在电话里也不含糊，依旧强硬地说，告诉他，九点半锁门！

李树叶的意思明白不过了：九点半之前必须回家。

老吴摊上这个强势的老婆，有什么法子呢？嫁人就嫁灰太狼，如今的老婆们现实得很，巴不得丈夫比灰太狼还灰太狼。老吴早把自己的位置摆正了。

老吴托大牛打电话，里边暗藏的那点小伎俩，李树叶心知肚明——说不准老吴正在牌场打牌，或歌厅K歌，也或是桑拿洗浴。老吴这样做，无非是拿大牛做挡箭牌，意思十分明了，都是单位的应酬，不会出什么乱子的。因此，李树叶也并不因为对方是大牛，就有好脸色好听话，很多时候，李树叶都是在老吴把电话给大牛的短暂间隙里，把电话挂了。再不然，在老吴说让大牛跟她说话时，她没好声气地说，算了，我不要听了。就把手机掐了。

时间一长，老吴就掌握了李树叶的这一套方法，心里有了底，有时候自然也就会撒个小谎什么的。比如同桌要是有他喜欢的美女，或者有时候干脆就是和美女单独吃饭，他也会在打电话的时候，对李树叶说，树叶，今晚要迟点回去了，我和大牛在一起。或者说，今晚有应酬了，和大牛在一起。而这时候，他并没有和大牛在一起。在他身边的，有可能是美丽的女下属。而结果呢，李树叶更是懒得跟老吴说话了。

慢慢的，李树叶对他放松了警惕，一般也不查他的岗了。老吴再打电话请假，李树叶心情都会很好，愉悦地说，早点回啊。

当然，也有例外——也许这个例外就是心情不对——老吴再让人牛跟她说话时，她照例会掐了手机。

不过老吴也还自觉，抑或是这些年来习惯了，无论是酒桌上的应酬，还是和谁在一起，他都能在九点半之前把事情处理完，心里踏实地在规定时间之前回到李树叶的身边——就算是和女下属缠绵，时间也把握得恰到好处。

有一天，也是下午快下班的时候吧，老吴打来电话，说晚上单位有应酬。

李树叶哼哼两声，把电话掐了。

李树叶问身边的男人，晚上老吴有应酬，不用你陪吧？

不用，是和陈市长他们在一起，几个副局长都在的。男人光着背，搂紧了李树叶，说，你也要在九点半回家哦，真不想你走……

李树叶娇嗔地说，贪心，这样多好啊，老吴永远都蒙在鼓里，觉得自己一直都幸福呢，而我们，更幸福也更安全——现在才是下午五点二十，到九点半还有四个多小时呢，有你享乐的。

于是，在接下来的时间里，李树叶搂着男人继续翻云覆雨，一直缠绵到八点多钟。李树叶身边的男人看一眼手表，说，吴局长要来电话了。

话音刚落，李树叶的手机响了，李树叶看一眼来电显示，笑一声，说，老吴的。

李树叶接通了电话，喂一声。

对方说，树叶啊，还没睡啊？

还没，等你回家啊，少喝两杯！李树叶的口气依然的强势。

知道，我不会喝多的，不过今晚跟陈市有重要事情谈，可能要晚些时候……吴局长赶快说，大牛在我身边，要不要跟他说两句？

李树叶没好气地说，你自己看着办。说罢，掐断了通话。

李树叶身边的男人在李树叶打电话时，正抚摸着她丰满的胸脯，弄得她痒痒的，一挂断电话，她就翻到男人的身上，武断地说，还要……

不行了，下午到现在，都几次了啊，你以为我真是牛啊？

你就叫大牛嘛……谁说不行啦，我让你行……

十万块

　　年轻而貌美的胡丽叶心情非常的激动，她和老同学解小鱼邂逅于一个朋友的宴会上。小鱼已经不是她记忆里那个瘦高而腼腆的青年了，他变得肥胖而威武，正过着离婚后的单身生活。同学聚会，少不了说些当年的趣闻轶事，胡丽叶只是静静地听，从他们半是调侃半是认真的口气中，她听出来，当年小鱼对她有特别的好感，这让胡丽叶心里产生了非常异样的情愫，因为她也悄悄地喜欢过小鱼，或者说是暗恋。只是当年年少无知，错过了表白的机会。

　　晚上回家，胡丽叶拿出十年前的毕业照，跟丈夫说她见到了许多同学，还特地说到小鱼的不幸福，说到小鱼的离异，说到小鱼生意上的失败。丈夫成兴旺正在准备明天宣传文化系统年终表彰大会上的讲话。说是准备，其实就是熟悉秘书为他写的讲话稿。当他听了胡丽叶的话，马上联想到刚刚发现少了的十万块钱，莫非被老婆拿去资助昔日的情人啦？这是完全有可能的，近阶段，他发现老婆常常走神，说话也是顾左右而言他，做事更是丢三落四，明显的心事重重，难道就是这个解小鱼作怪？成兴旺不露声色地走到胡丽叶身边，试探地说，你同学就是我的同学，需要帮忙，我一定尽力。胡丽叶已经换了睡衣，慵懒地说，还没到要帮忙的时候呢，随他吧，死要面子的家伙，等他求我了再说。成兴旺看看老婆半裸半露的胸脯和曼妙性感的身姿，一笑，说，你先睡吧，明天的会刘书记也参加，我得多准备一会儿。胡丽叶红唇一撇，醋意大发地说，刘书记算什么啊，是为老情人准备的吧。成兴旺知道她是在暗指文广局史局长，史局长是他一手提起来的，在宣传文化系统是个数得上的大美女，跟他也确实有过肉体上的交易，甚至现在依然保持着这种关系。但这种暧昧的事，除非捉奸在床，否则，发几句牢骚甚至胡搅蛮缠都毫无意义。成兴旺大度地笑笑，说，怎么会呢，都是工作上的关系，我这个副市长不过是分管而已。胡丽叶不屑地说，切，工作上分管，肉体到心灵都分管吧？胡丽叶说完，一甩手，回卧室了。

胡丽叶也知道，这种事情，管是没用的？猫走千里吃腥，狗走千里吃屎，这男人哪有不偷情的？胡丽叶懒得操这份心了，她从床头柜里拿出一个不起眼的皮包，打开来看看。这皮包是一个朋友前天送来的。这个朋友也不是一般的朋友，做电玩的大老板，听说全市的电玩市场基本上被他一个人垄断了。他为了扩大规模，准备再在大学城开几家电玩超市，特地给成副市长送来了二十万块钱。胡丽叶有数钱的爱好，家里的现金，她有事没事都喜欢拿出来数数，有时候喊成兴旺一起来数，那种内心的满足和惬意，是一般人无法想象的。但是，让胡丽叶大为惊讶的是，满满一包的钱，只剩半包了。胡丽叶一股脑儿地倒出钱，两手一扒拉，少了十叠，十万块钱啊，怎么就不翼而飞了呢？胡丽叶声嘶力竭地大喊一声，成兴旺，你过来！

成兴旺不知道发生了什么事，立即放下手里的讲话稿，从书房跑了进来。

成兴旺看一床的钱，心里有了数，肯定是为少钱的事。成兴旺已经知道少了十万块了，他正为这事煞费苦心呢，倒是要看看她怎么自圆其说。成兴旺假装不知道地说，怎么啦？胡丽叶两眼盯着他，问，怎么回事？怎么少了十万块？成兴旺说，少了十万块？不会吧，我也不用钱啊，怎么会少了十万块呢？胡丽叶一听，气急了，你不知道？我昨天刚数过的，二十万，一分不少，你不知道？切，难道我们家出鬼啦？成兴旺知道老婆是个财迷，藏钱就像老鼠藏大米，她不会平不无故把钱给藏没了，一定是耍了小把戏。不就是一个解小鱼吗？老同学，旧情人，要资助就明说啊，犯得着动这点小心思？成兴旺平静地说，你再想想看，是不是你借给谁啦？胡丽叶勃然大怒了，胡说，我能敢把这么多钱乱借？你家凭什么有这么多钱？手里房子好几套，还有这么多现金……你这样低估我智商啊？那还不如投案自首了。成兴旺说，我说也是啊……可是，我确实不知道，我们家的钱都是你保管的，这你是知道的。胡丽叶突然想起了什么，痴痴笑两声，说，噢，我知道了，美丽的史大局长是不是还想提拔啊，她手里没有钱，就来跟你拿了……是啊，成副市长是到了反哺的时候了，凭什么活该人家倒贴你啊。成兴旺没想到老婆会这样联想，他真的有些生气，但还是没有发作，强忍着冷静地说，好了，不就是这点小钱吗，十万块算个屁啊，别吵了，万一传出去还能坏了大事。

不吵归不吵，但这件事，可以说是导火索，弄得胡丽叶和成兴旺一直各怀心病，相互猜忌，深更半夜还争吵不休。直到半年后，一个巨盗落网，公安局来到成兴旺家，落实盗贼交代的情况，两口子才如梦方醒。原来，这是一个手段极其高明的盗贼，拿块口香糖都能把防盗门打开。盗贼专偷领导家，而且从来不把钱一次性盗光，都是拿一半留一半，以便不引起主家注意，为下一次偷窃留下后路。公安系统用了高尖技术才抓住盗贼。只是在落实盗贼偷盗情况时，遇到了比抓盗贼还难的阻力，这就是，没有一家承认被盗了，包括成兴旺和胡丽叶，也是一口咬死，家里没有被盗过，不但没有被盗过，还从未有过这么多现金。来访的两个警察也不多问什么，心照不宣地说，就算我们提个醒吧。

然而这件事的后遗症还是影响巨大，胡丽叶和成兴旺由此又落下了另一块心病。

 # 看门诊

老卡突然感到自己有病。

有病的症状就是想上医院。老卡不老，但是十多年前就是老卡了。老卡是诗人，不是业余诗人，是专职。简单说，他没有其他工作，专职在家写诗。写诗就是他的工作。老卡的生活来源，主要就是那几行诗的事情了。说起来，老卡靠稿费连吃烟都吃不上。好在老卡不吃烟，他只写诗。

老卡这几天脑壳子老是晕，有些低烧的样子，用体温表试试，又不烧。老卡鼻子还不透气。以前他鼻子就有不透气的毛病，但有一只总会通气的，如果左边那个不透气，右边那个就工作正常，如果右边那个不透气，左边那个必定是通气的。这回来个双管齐下，都不透气了。

老卡鼻子被堵死了，仿佛浑身都没有出气的地方，肚子里鼓满了气，连身子都鼓大了。

老卡决定到医院看病。

花开两朵，各表一枝。医院门诊有一个全科女医生，叫金美丽。金美丽外表美丽，心情却美丽不起来，她让老公抛弃了。她老公是做医疗器械的，被外地一家私人医院年轻的美女院长俘获了。金美丽也没留恋，她像扔掉一瓣不好吃的西瓜随手把老公扔了。扔了过后才后悔，也太便宜他了。她是医生，知道没有后悔药，在家待着更难受，只有上班了，和来看门诊的病人接触，心里才会好受一些。

话说金美丽身穿白大褂，像天使一样坐在门诊室里。她和那些年轻女护士一样，白大褂里直接是乳罩内裤——主要是怕是把新裙子弄皱了，所以，她感觉身上空空荡荡的。不知是天气太热的原因，还是医院太小，

来看病人不多，稀稀拉拉的，门诊室里也就和她身上的感觉差不多，加上空调的冷风，显得空旷而冷寂。

门突然被推开——冒失鬼才这样了。而且这样的病人一定没有什么大病。

把门带上。她头都不抬地说。

来人把门带上后，一屁坐到金美丽对面，喘着粗气，说，我要打针！

你哪里不舒服？

我哪里都不舒服，你给我挂一瓶吧——我头疼，发烧，难受，挂瓶吊水就好了。

金美丽把体温表递给他，让他试体温。又问他，头疼几天啦？

好几天……三天了，发烧也三四天了——不打针没有效的。

你叫什么名字？

老卡……叫金法卡。

金美丽从来没听说过有这样搞笑的名字，男人还叫金发卡，想笑，没好意思，硬是把笑给憋回去了。金美丽听他说话鼻子发囔，估计是感冒。

舌头伸一下。

老卡把舌头伸出来。

感冒了，金美丽说，看看体温再说——不能随便打针的。

不行医生，你一定要给我打一针，给我挂吊水，我知道我这病，不打针好不了。

金美丽没理他，比他怪的病人她见多了。

五分钟以后，金美丽让他把体温表拿出来，三十六度五，一点也不烧。金美丽说，你不用打针，也不用吃药，休息一下就好了。

什么？老卡差不多要从凳子上跳起来了，你不让我打针，还不让我吃药？我都病成这样了，我……我都快死了。

金美丽这时候才一笑，说，打针不打针不是你说了算，你没有病，严格地说，你只是轻度感冒，不用服药，只需休息两天就可以了。

休息两天？我天天休息，也没见好。老卡用手按住鼻子，说，你听听，听听，一个都不透气，我头还疼……你不想让我活啦？

金美丽遇到过难缠的病人，但像他这样低级的难缠的病人还是头一回见到。金美丽看一眼腕上的手表，还差两分钟就到下班时间了。金美丽开始收拾东西。她先看一眼手机上有没有短信什么的，然后收起笔，喝一口杯中的白开水，最后望一眼身后的衣架，衣架上是她的新连衣裙和一顶大舌头太阳帽。

你干什么？要下班啦？你还没帮我看病啊？老卡略显惊慌了。

对，马上下班了，你的病我也看了，诊断结论也跟你说了，还写在这上面。金美丽把病历推给他，继续说，从门口向里走，拐过走廊头一间，是急诊，晚上有他值班，你要是对我不信任，你可以找他们看。

老卡急了，他气急败坏地说，你怎么对病人这个态度呢？我有病，你却这样……

老卡看对方已经站起来，觉得这样发脾气也不是办法，立即软和了口气，说，大夫，大夫大夫，求求你，帮我打一针……哪怕开点药……我好不容易来看一趟病，天又要晚了，大夫……

老卡不说了。他的话戛然而止。他被女医生的行为吓住了。他看到女医生一点也没有避嫌，走到衣架边，解开白大褂，换衣服了。老卡张圆了嘴，看到她白皙、细腻的身体上只有文胸和三角内裤，文胸和内裤的花色一样，粉红色，应该是成套买来的，质地又薄又透，诱惑而又性感，而她裸露肩膀是浑圆的，光滑而平坦的小肚子上一点缀肉都没有，修长、笔直而丰满的大腿更是美丽动人。老卡的心跳先是停顿一下，然后骤然加速，他慌不择句地说，你……你……啊……那个……我要看病……

金美丽从从容容地换好衣服，对语无伦次的老卡说，走时把门带死啊，还有空调，别忘关了。金美丽说完，侧身从老卡身边走出去了。

老卡如梦初醒，他立即关了空调，追出去。老卡在门诊大楼门口台阶上追上了金美丽。金美丽挺胸收腹亭亭玉立，她掠一下长发，戴上太阳帽。

大夫大夫……老卡有些语无伦次地说，大夫……

没病啦？

没了……

微阅读 1+1 工程

神经病！金美丽瞅都没瞅他一眼，走了。

老卡停在原地，想一下，自己跟自己说，神经病？

老卡大声地对金美丽喊道，对，我有病……大夫……我明天给你写首诗啊。

微阅读 1+1 工程

 # 穿错鞋

我和诗人小梅开车去接布丁。

布丁是我市著名女作家，写散文诗，也写小说，当然，写得最牛的文体还是艺评，经她生花妙笔吹嘘的那些画家、书法家、篆刻家，每平方尺或每方章的价位都成倍地翻。布丁的艺评因此在业界可以称得上炙手可热。

我是接布丁去打掼蛋的。

请布丁打牌可不是我，我只负责接。请客的人是家住干于县城的书法家兼画家刘大吹。刘大吹起先写诗。写诗这年头不吃香，要是放在唐朝，他能也算得上半个李白式。可现在不是唐朝，现在是书画家的社会，大吹便更弦易辙，练起了字和画。几年下来，一手漂亮的小楷和文人画，让他名声大噪，一改往日的穷酸，成了腰缠万贯的大款，常请我们吃吃喝喝，有时也吟诗作对搞个小笔会什么的，玩得很文人。

今天大吹一大早就打电话，让我邀请市里几个女作家去打牌，并点名要布丁。大吹的意思我懂，无非想让布丁写篇稿子吹吹。

布丁是个厚道人，一请就到。

到了大吹家才知道，原来大吹的医生老婆去外地会诊去了，才有此胆量把客人带来家。晚上的酒宴极其简单，只是煮了几只蟹子，还有一盘虾婆和一碗海蛎豆腐，吃到一半时，我又去厨房搞了盘文蛤炖蛋。应付了肚子之后，便拉起了牌局，大家摩拳擦掌，声称都要把对方搞死，结果，一上来就战况胶着，交替领先，第一把我们先打 A，结果打了十六把才过。我和大吹对家，这回让他吹大了，说再来一局，弄个二比"蛋"。布丁和小梅自然不服气，但人家是女士，口气里文明多了，只说

好牌不赢头一把。于是，大家喝口水，上个洗手间，又打了起来。直到凌晨三点多，牌局才结束。

还有三十多里路，我便带着两位美女作家，匆忙往市区赶。在车上，布丁和小梅还在讨论一手牌，小梅认为，如果提前把大吹炸死，让他手里有两手牌，铁定下游了。布丁赞同小梅的观点，并做了批评与自我批评。

我在前边开车，哈哈大笑过后，得意地说，你们两人善于总结，看来还是有上升空间的嘛。

布丁骂我一句死相，立即转移话题，说我今天穿了新买的皮鞋……真是，大黑天来打牌，穿什么新鞋啊，谁看啊。小梅深有同感地说，我更上当了，我还新穿了毛衫，瞧瞧，意大利的，国际名牌，这回亏大了，被两个大烟鬼污染了，一身烟臭味。

话说到这里，我的车也进了城区，分别把两个美女送回家之后，天就亮了。

我一觉睡到中午，让电话给闹了，看号码，是布丁的。不会又是牌局吧，她昨天输了，很想捞回去的。我不等她开口就说道，不打了不打了，累死了，你牌也不撑，再打我要残废了。

布丁说，呸，让你两局就敢说我们不撑……撑不撑我也不跟你打了，请你出个场如何？

干吗？我警惕地说。

陪我逛街如何？坑死了，昨天花好几百块钱新买的皮鞋，大了，不跟脚，你陪我去换一双吧。我一个人不敢去啊，昨天都穿过了，怕他们不认账。

明知道这事棘手，我也不好说不去，毕竟大家都知道我天生一张好嘴，能说会讲，口若悬河，能把东说成西，能把死人说成活人，青面獠牙，光头恶眉，一看就不是什么好东西，只要是人，见我都怕三分——布丁瞧得起我，我也不能自己不把自己当人物啊，我爽快地答应了。

我和布丁一起走在步行街上，往某某专卖店走，一路上还在讨论昨晚的牌局，布丁言语当中，总是不服气。我挑战道，布丁你就这点不好，打死不服输，这样吧，逮哪天有时间，我再陪你练练。

说话间，我的电话响了，我拿出手机，看是刘大吹的，就说，大吹的，可能又约牌局了，去不去？

布丁说，怕你们啊，只要换了鞋，就去。

我接了电话，只听大吹在电话那头急火火地说，不得了了，出大事了，老婆今天回来，发现家里多了一双女人的鞋，要死要活地跟我大吵大闹，甩门走了，我打她一百个电话她也不接……老陈你可得证明啊，我昨晚上可是和你们打了一夜的牌啊。

我说大吹啊，这事我怎么好证明啊……你家里怎么会多一双女人的鞋？这鞋哪来的，你老婆不知道，难道你也不知道？肯定是你小子搞的鬼。

刘大吹几乎是哭着嚷道，天地良心，我刘大吹对老婆忠心耿耿啊……天知道怎么会多了一双女式皮鞋啊，比老婆的鞋小了一号，虽然样式牌子一点不差，可老婆是穿三十七码的，家里的这双是三十六码，不一样啊……

挂了电话，我和布丁哈哈大笑起来，说这下刘大吹麻烦大了。突然的，布丁不笑了，她脸上僵住了，说，啊，坏了……

我也一下子意识到了，是布丁穿错鞋了。毫无疑问，我们今天凌晨匆忙从刘大吹家出来，布丁慌忙中，错把刘大吹老婆的鞋穿走了。

布丁急得跳起来，她把鞋盒往我怀里送，说，我得打电话给刘大吹。

布丁把手机又塞到我手里，说，老陈你打吧，我怕也说不清楚啊。

我觉得这事也不好解释。有些事情真是奇怪，越是真实的，越解释不清，越解释越不像是真的，刘大吹的老婆是个聪明人，他一定会怀疑我们这些臭味相投的文人串通一气在糊弄她，瞒天过海骗她一个人。我把手机还给布丁，说，这事不能急，让我们先来想想，看怎么说才妥当。

实话实说吗？还是撒一个更有说服力的谎言？朋友，我们一起想个主意吧。

暗　恋

　　我曾经在几个论坛里混，结交了一些志同道合的朋友。这里的志同道合，不是传统意义上的，不过是些观点相近或臭味相投的人，大家在某个帖子里跟帖，表明意见，或调侃，或灌水，嬉笑怒骂，其乐融融，不亦乐哉。

　　我现在玩的这个论坛，也是和文学有些关联，大家都是文艺青年，或曾经是文艺青年，再加上版主的热情和引导，不少人从网络走了出来，由网络交流，变成了现实和网络两相结合的真实的朋友。

　　某天，版主为了论坛更为活跃，也让大家更为真诚，便以暗恋为主题，征集文章。

　　看到这个启事，我在想，这个主题好啊，暗恋，一个"暗"字，道出了多少酸辣、多少苦甜、多少长吁短叹啊。

　　暗，和黑是同义字。恋和暗相连，就和暗和黑一样，是那样的无边无际，那样的苦海无边，那样的不可告人。暗恋，悄悄地恋着，偷偷地爱着，对方不知道，又希望对方知道。但终究还是不知道。这样的恋很有点折磨人不是吗？很有点灰色的美丽不是吗？我记得坛友未无忌同学在征文里说："在我有限的青春时光（里），总是从一个暗恋走向另一个暗恋……"是啊，在暗恋的漫漫长河中，狗熊掰棒子，掰一个丢一个。但最后总会有一个，让你无法忘怀，让你刻骨铭心，让你难受，让你心痛，让你欲摆不能，让你欲说还休。

　　我本来并不打算应征，但看到大家那么多坦荡地道出了自己的真情实感，很自然地想到了她。

　　是的，在论坛里，我暗恋过一个坛友。自然，对方是不知道的（如果知道了，就不叫暗恋了），也没有人能猜得出来。人们习惯于从表象的蛛丝马迹中寻找答案，往往是适得其反。但依然乐此不疲，追根寻源。那么，既然今天写在这里，还是说说我对她的印象吧。从这个印象里，你再猜，也许就不难了。

对，她是美人。在我看来，她古典、安静、从容、款款的，像一幅油画，性格里更多的是理性。她有些教条，或者古板，怀疑许多东西，不相信很多东西。但她总是有无限的魔力，深深地吸引着我。我们似乎在一起吃过一两次饭吧。是谁请客呢？仿佛就是她，也许是别人。自然是没有多少话的。主要原因是我心里有鬼吧。我怕我多一句话，就让她窥见我的那点秘密。于躲躲闪闪中说一些闲话，夹在众人的欢声笑语里，敬她的酒。然后，假装没事人一样悄悄地关注着她。其实她也没有多少言语。她到哪里，都不是主角，或者连配角都算不上，仿佛就是拉来的夫子，你会觉得她坐在那里很别扭，稍稍地，便多了一点同情。但多半是爱莫能助。待到酒席散了，同志们纷纷互道再见，她也是站在一边，事不关己一样，然后悄悄地离开。暗夜中，我望着她。她的背影有些孤单，昏黄的路灯打在她的身上，是那么的依稀，那么的遥远。我的思绪会长久地跟着她，陪着她走在长街上，陪着她走很远很远……我还怀疑，刚才，我们是同桌吃饭吗？她铃兰一样的芳香和玉一般的温良，就这样渐渐远去了吗？

我知道，我们早已过了轻狂的年龄，过了可以"作乱"的年龄。爱情也许是有的，但也只能是深埋在心底里的暗恋了。

不知道从什么时候起，我开始渴望见到她，开始渴望听到她的声音，开始在论坛上寻找她或等待她。终于有一次，看到她的一个帖子。那是很好的一篇文章，是我喜欢的一个题材。我读了几遍，也没有跟帖。后来，这个帖子就沉下去了。待我想引用她文章里的一段话时，我又托人把这个帖子发给了我。可以说，这是我的一个"阴谋"吧，因为我的文章里，并非一定要引用这段话。我之所以这样做，就是想让我们能更贴近一些。我的文章里有她的文章，不管什么时候，只要我的文章还在，我就会想起这段暗恋。

此后，因为和坛里的坛友有了更多的交往，我和她见面的机会就多了起来，自然也开始熟悉起来，谈话是不可避免的，有时也开些小小的玩笑，都是那样的若即若离。

啊……受吗？有时候，还真的让人沉不住气，希望犯一些错误。但是，总有一道叫理性的篱笆，隔在我们的面前。在接下来的一个个白天和一个个夜晚，我一次又一次思念她的时候，我早已渐渐地想到了什么，爱情（暗恋），究竟是怎样的一种情形呢？不就是发生在彼此内心深处的美好而深刻的情愫？爱情从来都不是向人们许诺轻柔和快乐，也不曾许诺每一个人到头来都一样，终成眷属，白头偕老——真要是这样，也太有限了。爱情本质的使命，是牵引善良而温情的人们，彼此地靠近，彼此地用一种更健全的情怀来看到苦难和艰辛的日子，像冬日里一只小火炉，温暖着彼此的心——也有可能只温暖一个人的心。

因此，我的暗恋还会继续——也许还会这样继续下去吧，谁知道呢？一些残留的往日美丽的印象，一点点岁月的如丝如缕的哀愁，一位我臆念中的渴盼相见而跟着又分手的美人，这些都是我千百次地深味过的。

惴惴不安

　　和女同事逛街，是胡丽叶最近最快乐的事，没有之一，就是最快乐。快乐归快乐，不如意甚至是烦恼也和快乐一样如影随行——她什么都买不成，她看好的，女同事看不好，女同事看好的，她又嗤之以鼻。

　　胡丽叶当然不想和丈夫成兴旺逛街了。从前也和成兴旺逛过，那可真是活受罪，她要买什么成兴旺都说好，都鼓励她买。可买到家，大部分东西连她自己都后悔，衣服是过时的，包是老款式的，鞋子虽然好看，鞋跟又太细了，就连花大价钱买的那款项链，也很难有合适的衣服来配，真让她伤透了脑筋。其实这些还在其次，关键是，成兴旺那不耐烦的表情和事不关己的神态，让她实在不能容忍。

　　又到了周末，成兴旺照例地忙——无非是和那些狐朋狗友一起喝酒打牌。胡丽叶便约老同学解小鱼出去逛街。胡丽叶在电话里说，烦死了，没人陪我逛街了，小鱼啊，你反正是一个人过嘛，闲着也闲着，陪我逛街去啊，我想买顶帽子，你帮我参考参考。电话那头的解小鱼打一个喷嚏，受宠若惊地连说了几个好。其实买帽子也是她灵机一动想起来的，总不能毫无目的地逛吧，那也对小鱼太不尊重了。

　　既然说是买帽子，想想也算不错的一个主意，天气渐渐冷了，一顶好看、时尚又御寒的帽子也是必不可少的，所以她和解小鱼在步行街见面后，就直奔瑞雅阁帽子专卖店。男人的眼光和女人就是不同，胡丽叶挑选的帽子，解小鱼总是认真地看，对色彩、造型都有专业的评价，对胡丽叶试戴的帽子，更是以专注的目光来欣赏，然后提出自己的看法。这些观点和看法，往往都很切合胡丽叶的心，和胡丽叶的审美情趣完全吻合。

帽子在长达近三个小时的选择过后，终于看中了。一问价格，吓了她一跳，3880块，还不打折。胡丽叶虽然不缺钱，也没想到一顶帽子要这么多，她以为百把二百块钱撑死了。但到了这时候，说不买显然不光是面子上不好意思，也对不住解小鱼煞费苦心地参谋啊，何况这顶帽子确实好看，洋气而不失朴素，华丽而不失大气，对她的脸型和肤色也非常的匹配，如果抛去昂贵的价格不谈，真是太完美不过了。

　　胡丽叶心里虽然一惊，还是很从容地刷了卡。

　　回到家后，胡丽叶有些忐忑了，一顶帽子花了将近四千块钱，成兴旺要是问起来如何解释？虽然他对她买的东西从来不关心，可也不排除例外啊。何况，这帽子又是解小鱼帮着参谋的，成兴旺会不会吃醋呢？这是完全有可能的，解小鱼是她高中同学，前一阵他们同学聚会时，解小鱼一玩二笑地说他当年暗恋她，这让她嘭嘭心跳了好一会儿，因为当年她也对解小鱼有好感。相隔十多年的这次同学聚会，勾起了她对青春美好回忆的同时，心里也产生了一些蠢蠢欲动莫名其妙的情愫，对新近离婚又事业失败的解小鱼心生了怜悯和同情。成兴旺老奸巨猾，会不会通过一顶帽子联想些别的？

　　胡丽叶有些惴惴不安了。

　　晚上，成兴旺回来了。他手脖子上新戴了一块手表，这是一块价值28万的瑞士梅花表，是女地产商黄慧祺送给他这个副市长的。成兴旺一直犹豫不决，要不要把这件事情告诉给老婆。如果送他手表的，不是美女大款黄慧祺，而是别的什么人，他会很大方地跟胡丽叶显摆。但是黄慧祺就不一样了，黄慧祺跟他不光是金钱上有交易，在肉体上也有交易。是说还是不说呢？最近热炒的文强案，文强的老婆就是知道文强和许多女人有染，才把文强许多鲜为人知的受贿情况交代出来的。这事给成副市长带来了许多启发，仅就这块梅花表来说，还是不对老婆说更好。可老婆要是问起来怎么办？她是个心细如针的女人，又是个醋坛子，这回不说，万一以后让她知道了，那可是比害眼还厉害啊。

　　想到这里，成兴旺也惴惴不安了。

 # 美发卡

我也不知道，我为什么就买了这张美发卡。

那天完全是个意外。我的意思说，整个一天都是意外，早上出门时，天意外地下起了小雨，没有任何征兆的。在下雨前一分钟，甚至还是阳光灿烂，不一会儿亮闪闪的细雨丝，就穿透阳光，落在我身上了。我本来可以一弓腰，以百米冲刺的速度，跑向320路公交车站的。可是，走在我前边的那个女孩，似乎没有我反应这么强烈，她只是仰望一下天空，继续款款地、身姿优美地行走在人行便道上。她身穿红色的连衣裙，裙摆似乎短一些，腿就显得特别的修长，加上美臀细腰，长发飘扬，我不由得就被吸引住了，情不自禁地跟着她走了半站路。她说不定也是去公交车站的，我想，她能在突然而至的雨中保持淑女的风采，我为什么要狼狈逃跑呢。

她从随身的包里往外拿雨伞时，我认出她来了。她不是和我同在一幢写字楼上班的小艾吗？难道她今天也休息？如果不是休息，她应该朝相反的方向走，乘地铁去公司的。

这又是一个意外。不过我只知道她叫小艾，别的就都不知道了。

我紧走两步，赶上她，招呼道，小艾。小艾看到我也很意外，她撑起伞，惊喜地说，你啊？我还以为被坏人跟踪了呢。我也开心的乐了，呵呵笑道，谁让你这么漂亮啊。我的话显然让她特别享受。她把伞往我头顶送送，说，干吗去啊？我说没事，准备去书店看看的。她说，哦，淘书啊，我做完头也去看看。我看一眼她的头发，略略烫染过的头发很时尚，似乎并不需要再打理了。你要做头发啊？我的意思是说，她的发型够好了。她侧过脸，看着我，说，是啊，要不你也来理发？正好陪陪

我，然后我再陪你去淘书。我欣喜地说，好啊，走。

前边一拐，就是一家规模很大的美发中心了。

我的头发理完了，小艾的头发还在做。

结账的时候，我要帮小艾付账。小艾跟我说，别，我有卡。

收银的服务员跟我说，先生，你也办张卡吧，你看，每次能打七折的，一次性买两张卡，可以打五折，多划算啊。

是啊，小艾在一边帮腔说，办一张吧，反正你也要理发的，他们家不错的，我老来做头发。

本来我还犹豫的，叫小艾这么一说，我也很爽快地掏出300块钱，办了一张。

那天和小艾在外边瞎逛了一天，我们不但一起去了理发店，还一起去了书店，一起吃饭，一起吃冷饮，甚至还去美术馆看了展览，在美术馆宽敞的大厅里，我们还牵了牵手。对我来说，这是一个难得的休息日，也是一个难忘的休息日。

从和小艾片言只语的交谈中，知道她从那家公司辞职了，下一步工作还没有着落。她表示，能在这么一个交替时期，和我玩了一天，心情也很快乐。所以，分手的时候，就有些依依的，互留了电话，互道声再见，就各自回家了。

和小艾没有再联系。她可能换了别的工作了，而我也天天奔波，不是在班上紧张地工作，就是匆匆行走在上班的路上。偶尔也想到她，但也只是一个念头而已，约会是纵然不敢的，第一我没有钱，第二我没有时间，第三也不知道对方的确切信息。直到有一天，恰逢休息，我要去理发了，才决定给她打个电话。

电话里，她情绪不太好，似乎很疲惫，说人在墟沟那边，问我有什么事。我说也没什么事，准备理发了，想起你，就打个电话。她听了，勉强笑笑，说，那家美发店不错的，不过我可能以后去的机会不多了，我在墟沟这边，因为理个发，跑五六十里路吧，也不划算。我想也是，就说，有机会见个面吃个饭吧。她也答应一声，就跟我道了再见。她可能很忙，也可能心情确实不好。总之，她的情绪感染了我，我手里拿着理发卡，随手扔到桌子上，今天不理发了。

不理发只是一时的情绪。过几天，感觉头发长得实在不像样了，还是去理吧。可是，理发卡却不知丢到哪里了。我在桌子上、抽屉里、钱包里、电脑包里、衣服口袋里、床上床下，能找的地方都找遍了，就是不见它的踪影。无奈中，抱着一线希望，我跑到那家美发中心，咨询一下怎么办。对方回答说，理发卡是不记名的现金卡，没有登记，不能补办。

就这样，300 块钱办的理发卡，只用一次。就是说，我那次理发，花了 300 块钱。

那天本来只是去书店的，意外地遇到了小艾，又意外地去理了发，更加意外地买一张理发卡，现在在丢了理发卡算不算意外呢？唉，想为未来可能的好处提前埋单，未来还没到，好处先丢了。

我决定给小艾打个电话。但电话打通以后，我又决定不提理发卡的事了。说这个有什么意义呢？难道还要怪人家小艾？小艾这次的情绪要好一点，声音亮亮的。我说你情绪不错嘛。她说当然啊，不在那家单位干了，刚辞了工作，心情自然好啦。我有些不解，说，辞了工作，心情还好？她说那是。她又说，对了，下午我请你剪头发吧，我知道你有理发卡的，不过我还是想请请你……那天都是你请我的，除了做头发。我说，啊啊，是是……你过来啊，我请你吃饭，吃冷饮。她说，还有看展览啊。

小 白

　　小白是一条狗，一条可爱的京巴狗。

　　训芳养狗的资历较浅，也就一年半载吧。但一直以来是喜欢小动物的，对小猫小兔早就钟爱有加，甚至对老鼠都不像别人那么讨厌，至于人类的好朋友——狗，那就更不用说了。

　　训芳家的小白，长相俊，圆脸、圆眼、圆鼻子，就连嘴头，也是圆的，不知道谁惊讶地感叹过，呀，这是你家的狗啊，跟你家大黑差不多啊。

　　大黑是她丈夫，小时候娇贵，脸又生得白，大人就给他起小名大黑了。新浦街有个风俗，起外号或起小名，喜欢反过来，比如大个子，叫小矮，矮个子，叫大高，生得丑，叫大俊，生得俊，叫大丑，全乱了。不过，由此说来，大黑应该是白脸膛的汉子。训芳听了别人说她养的小白像她家大黑，感到好笑，这两条腿的人，怎么会像四条腿的狗呢？呵呵，怪好玩的，可训芳仔细看看，小白确实像大黑，那眉头，那眼神，还有圆乎乎的鼻子圆乎乎的嘴头，简直是一个模子套出来的。哈哈，有意思。像大黑就像大黑吧，只要不像她儿子就行。

　　不过说真话，小白也的确像大黑那么乖，跟训芳颇能玩得来。说玩得来，就是不光指默契啊，听话啊这些，还包括人们通常说的，很会巴结人。比如吧，叫它跳舞，它就立起身，跳跃几步，小屁股还很有风情地扭几扭，叫它打个滚，它就在脚面上翻个筋斗，而且人来疯，越有人它越肯表演，因此就成了一条巷子的大明星，谁看了都喜爱。

　　小巷里有个小超市，店老板叫小秦，是个花枝招展的女人，面相虽然不俊，却很懂些风月，婀娜着身姿出出进进，嗲着声音迎来送往，很受小巷里男男女女的欢喜。她也喜欢训芳家的小白。训芳要是把小白带来玩，小秦就把小白逗得上蹿下跳好不开心。小白开心，训芳也开心，小秦更是乐不可支。小秦会捂住肚子笑着说，你家小白太可爱了，早知道小白这么好玩，我也养一条小白玩玩。训芳说，你呀，要养就养个真小白。小秦说，什么叫真小白啊？训芳说，真小白就是小白脸啊，你那么有钱，人又风流，养个把小白算什么啊，养个把小白脸才算带劲啊。小秦听训芳的话里有话，便不吭声了。训芳没有看出小秦内心的变化，以为她不接话茬儿是听不懂，进一步说道，小秦，你知道我为什么叫它小白吗？告诉你就笑死人了，嘻嘻，我就把它当着小白脸养着玩的。

小秦一听，心里咕咚咕咚疯跳了，她看也不敢看训芳了，以为训芳知道她跟美术老师大黑的事了。

对了，忘了介绍，大黑除了当训芳的丈夫，还曾经是一所中学的美术教师，善画泼墨写意画。大黑辞职后本想做职业画家，结果落泊得连烟都抽不起了，没事常来超市找小秦吹牛耗时间，一来二去的，跟小秦好上了，抽免费的香烟，喝免费的铁观音，成了她名副其实的小白脸。转眼两三年下来，小秦以为神不知鬼不觉的。前晚两人在超市的小隔间里幽会，还开心逗趣，说你家训芳养条小白，我养条大黑。大黑的反义词就是小白嘛，我也就等于养条小白，你就是我家的小白，哈哈哈……小秦一直以为训芳不知道他们的偷偷摸摸，没想到这女人早就晓得了，还故意把小狗起了这么个名字。小秦一来钦佩训芳修养高，沉住气，打人不打脸，二来也觉得自己太愚蠢了，怎么就没想到训芳把宠物狗起名小白的用意呢？

接下来的一两天，小秦心事很重，不知怎么收拾才好。

又过几天，受到小秦冷落的大黑，不知道小秦为什么突然冷若冰霜。

小秦的香烟不供应了，铁观音，也喝不到了。

几个月后，也就是到了这年秋天，超市的美女老板也养了一条宠物狗。只是小秦一直没有想好给小狗起个什么名字，觉得最好的名字叫训芳占着了。

情感谍报

对于杨霞来说，最幸福的事情莫过于早上睡个大懒觉，赖在床上到傍晌午才好。因为她昨天晚上在电脑上看电视连续剧《潜伏》看得太晚了，五集连在一起，一直看到凌晨三点半。杨霞只用六个夜晚，就把三十集全部看完了。

天早就亮了。大约上午十点多时，她迷迷糊糊地醒过来，却没有力气睁开眼皮。窗帘严严地拉起来了，打开的一扇窗户吹进来丝丝凉风，她向窗外瞥眼望去，用脚尖钩开窗帘，刺眼的阳光哗哗地涌进来，她只来得及听到对面人家电视机的声响，就又用脚拉上了窗帘，重新闭上眼睛。

但她睡不着，连续看了几部特工题材的电视连续剧，让她满脑子都是潜伏啊、情报啊、坐探啊、跟踪啊、谋杀啊这些词汇和场景，想象着自己也走进了剧情，成为他们中的一员，窃取情报，打探秘密，跟踪特务，或者根据对手的蛛丝马迹进行缜密的分析。

蓦地，杨霞想起不久前丈夫李新带回家的几张照片。其中有一张是李新和剧组主创人员的合影，照片上，李新和他们剧团的大美女夏荫紧挨着站在一起。杨霞从来没怀疑自己的丈夫会背着她干什么偷鸡摸狗的事。但是剧组十几个人合影，六七个男的，五六个女的，团里的骨干几乎全上了，那么多人不挨着，为什么偏偏挨着夏荫？夏荫是剧团的女主角，女一号，蛇腰、宽臀、狐狸脸，打眼一望，很像 30 年代上海滩风月场里的交际花。男人都喜欢这种女人，李新也不例外吧，瞧他，满脸不自然的样子，心底无私天地宽，有什么不自然的呢？一定心中有鬼。还有夏荫，脸上笑嘻嘻的，是从心里往外的那种笑，挨着男人就笑啊，怕是笑里藏着什么不可告人的秘密吧。杨霞想着想着就觉得，照片上看是巧合的形态，说不定暗藏着天大的隐情。杨霞决定要采取手段，像那些隐蔽战线的电视剧那样，侦破李新和夏荫之间的关系。

经过一番精密的计划，杨霞先给李新打电话，问他中午回不回家吃饭。李新说不回去了，中午有招待。杨霞说，切，就知道你不回来了，中午谁招待啊？有夏荫吧？李新在电话那头哈地一笑，对呀，你怎么知道？杨霞突然觉得有些冒失了，这哪像搞地下工作的啊，赶快稳住情绪，说，那你不要喝酒啊，晚上早些回来。

挂了电话，杨霞开始回忆丈夫李新和夏荫之间的疑点。李新在团里一直是小角色，平时的大戏基本上轮不到他，即使上了，也是一句台词都没有的小龙套。不过，有一次到教育系统演小品，李新和夏荫演了对手戏，还拍了几张剧照。那次演出结束后，李新在杨霞面前似乎说过夏荫的好话，说她戏路宽，善于调节现场气氛，跟她演对手戏，演技长进了不少呢。莫非是从那时候，他们两人就"瓜葛"上了？这是完全有可能的。从那次以后，李新在团里的地位节节攀升，由原来的小龙套跑成了大龙套，由大龙套跑成了小角色由原来一句台词没有的小角色，变成了主要配角，而这一次，团里排一台准备到省里会演的七场现代话剧，他一跃而成为了男一号，这是为什么？因为夏荫啊，夏荫是团里的台柱子，年轻貌美演技高，没有她，这台戏就撑不起来，她要是点名让李新演男一号，团长也不敢说不。

杨霞仔细研究着剧团演员的合影照片，越看越觉得疑点重重，李新和夏荫为什么不站在前排而站在后排？按照夏荫在团里的地位，是完全可以站前排的嘛。那么，可以站前排而不站，一定是有原因的。什么原因呢，不用说，是他们两个人在后边做小动作了，至少是手拉手了，这是毫无疑问的。前边有两个男的挡住了他们的半截身体，但挡不住他们两人的面部表情，李新脸上的不自然，仿佛是正在酝酿的笑，就是笑没有笑出来而已经开始笑的那种感觉。夏荫的笑就不一般了，就好像她已经憋不住了，非上厕所不可，却又拉不出的那样表情。这两人的表情怎么这么怪异啊，一定藏着共同的秘密才会有这种怪异的表情。

晚上，李新下班回家，看到沙发前的茶几上，躺着那张剧组合影，就拿起来看看，随即一笑，放下了。

有什么感想啊？在一边玩电脑游戏的杨霞早就悄悄瞟着李新了。

什么什么感想啊？噢，你是说排戏啊？不是我吹的，我的艺术感觉就是比他们高出一筹，我提的那几点修改意见，团长都采纳了，让编剧今晚连夜改剧本。李新很得意地说。

是吗？杨霞假装平静的样子，是你一个人的艺术感觉？

也不全是，不过是我先提出来的，夏荫也完全赞成。

杨霞心里有了底，果然又是夏荫。杨霞得到这条重要信息后，首要任务是要稳住李新，不要让李新有所察觉，这样才能一举破获他和夏荫之间的苟且之事。杨霞说好啊，等彩排的时候，找张票给我，我要去看看你首次当男主角的风采。

杨霞的话更让李新得意了，他激动地说，这回啊，我可是真露脸啦，不光是男一号，这台戏的广告植入，也是我出的主意啊，连夏荫都说，要不是我的智慧，云海大酒店根本不会赞助的。在我的提议下，整台戏有五次提到云海大酒店，甚至，最后一场戏就发生在云海大酒店的大堂里，我还设计了最后一句台词，哈哈，牛吧？

别得意太早啊，杨霞一语双关地说。

什么得意啊？李新没听懂杨霞的话。

你自己知道……没什么，你忙你的吧，我要偷菜了。

转眼就到彩排那天了。根据一个月来的调查、摸底、打探、分析，杨霞可以说已经完全掌握了李新和夏荫的底细，只等捉奸捉双了。

彩排在云海大戏院举行，杨霞坐在第五排，每当李新和夏荫这对"情侣"同台演出时，杨霞就在心里说，等着吧，这对狗男女，你们马上就要露馅了。

演出结束前的最后一句台词里，林歌（夏荫饰演）深情地对周加法（李新饰演）说，加法，这云海大酒店，不仅见证了我们爱情的萌芽，也见证了我们爱情的开花、结果。加法，今天晚上，还和五年前一样，我们住在 602 房间，好吗？周加法在忘情地说好的同时，一把抱住了林歌。

这时候，迷人的抒情音乐响起，舞台上，灯光渐暗，林歌牵着周加法的手，也就是夏荫牵着李新的手，向云海大酒店走去。

彩排无疑是成功的，杨霞从全场雷鸣般的掌声中就可以得出结论。在演员集体谢幕时，李新和夏荫依旧紧挨在一起，和着观众的掌声而鼓掌。坐在前排分管文化的副市长和市委宣传部部长等领导纷纷上台和主要演员握手了。大家沉浸在彩排成功的喜悦中，从演员到领导，脸上都笑如春花。

　　这时候，杨霞悄悄地走了。杨霞有一项重要工作要做：先期赶往云海大酒店，密切监视602房间。她没有电视剧里那样的监视设备，她只需要躲在大厅一角的咖啡厅中，密切关注着门厅就行了。按照程序，彩排结束后是例行的座谈，由文化局长主持，分管副市长做指示。座谈结束后是庆祝晚宴，晚宴结束后呢，生活中的"林歌"就要带着"周加法"来云海大酒店602开房间了。不过也不排除他们在庆功宴上提前离开。所以杨霞只好先期埋伏了。

　　果然一切尽在杨霞的掌控之内，晚八时许，杨霞看到猎物出现了，对，打扮很时尚又很性感的女一号林歌（夏荫），风姿绰约地来到云海大酒店大堂，没有犹豫就进了电梯，杨霞注意到，电梯到六楼停住了。

　　杨霞的血压往脑袋上涨，心跳也在加速，她立即就从另一部电梯上了六楼。如果不出意外，她的判断是准确的，周加法（李新）一定如约来到大酒店了，很可能已经提前在房间等着了。

　　果然，杨霞看到夏荫正和一个男的互相簇拥着打开602房间。

　　让杨霞惊异的是，那个男的不是李新，而是下午彩排结束后上台慰问的副市长。

　　已经完全进入状态的杨霞冷静地考虑一下之后，觉得这一定是李新的阴谋。杨霞拿出手机打李新的电话，李新的手机果然关机了。已经完全沉浸在自己设计的剧情中的杨霞，开始重新梳理剧情，看看问题出在哪里？整台话剧并没有第三者插足的迹象啊，那么，李新去哪里鬼混了呢？

　　闷闷不乐的杨霞回到家门口，一眼看到楼道里站一个人。杨霞紧张地躲到一边，小声喝问，谁？

　　我啊……

　　是李新的声音。

你怎么在这里？杨霞松了一口气。

我还能去哪里啊，我把包丢了，手机，还有钥匙，全丢了……

杨霞并没有责备李新，而是鼻子一酸，扑了上去，抱住李新说，戏里没有这个情节啊……

史老板

史老板对他家人说，我有知情权，请你们不要瞒我。

史老板是感冒引起的绝症——他原先感觉不过是咳嗽，干咳，后来，感觉到胸闷，一个多月来，由于不停地打理业务，又不停地在家人和三个情人间周旋，一直没有正儿八经地去医院检查，眼看着咳嗽在不断地加重，胸闷也异常厉害，才在家人陪同下，去肿瘤医院做了全面的检查。从家人异样的目光和紧张的神态中，他感觉情况不妙，才问了上述的话。

史老板的爱人和儿子都在身边，史老板把眼睛直视着老婆，说，你们告诉我。

没有人回答。

史老板知道了八九成。心里哀叹一声，对儿子说，你说，儿子，你说，不要紧的，老爸已经50岁了，没有什么没经历过的，我都不怕你还怕什么，家里的财产都是你的，你说。

儿子显然和母亲约好了的，只好变着一种提法，说，专家会诊了，情况不好，肺部的大面积阴影是一种病毒感染，很厉害的病毒感染，目前还没有特效药，只能慢慢调养。

史老板回家后，上网查了肺癌的症状，结果是，肺部癌变是癌症中最绝的，一旦查出，就是晚期，而且无法治疗。他又查了几个病例，都是在查出后的很短时间内失去了生命，最长的活了五个月，最短的只有一个多月。史老板心全凉了，没想到自己奋斗了二十多年，拼下了过亿的家产，自己的后半生却无法享受了。

家人和史老板接受了医生的建议，用中药保守治疗。

史老板在服用中药期间，对心里放不下的几件大事做了处理，比如债务，比如另一家子公司的股权等等。最重要的，他还对三个情人做了了断。那天他状态稍好一些，服用中药以后，去了趟办公室，依次把三个情人叫来。第一个情人叫小梅，最年轻，大学毕业才两年多，跟他相好也有一年多了，风情万种型的，可是他精力明显不如前几年了，觉得床上的小梅并没有得到满足，心里一直歉疚。他对小梅说了实情，小梅真是重情重义啊，抱着他泪流满面。史老板抖擞精神，在办公室里试图最后一次安慰小梅，小梅也倾情配合，但效果还是不行。史老板在情感上，越发的对不住小梅了。史老板只好临时改变了决定，把准备给她的500万元了断费，改成了800万元。小梅拿着支票，恋恋不舍地走了。

史老板叫来的第二个情人，实际上是他人生的第一个情人，叫楚香，三十刚刚出头，她和史老板相好有七八年了，是个口齿伶俐的女人，而且只知付出，不求回报，原来是史老板的公关秘书，却首先把史老板攻下了。史老板清楚地记得，他们第一次出差时的情景，楚秘书讲了一个段子，说某女秘书搭上县长的车，县长禁不住伸手摸女秘书雪白的大腿。女秘书问县长：你记得我送你的那本书第116页第7段开头写着什么吗？县长脸红了，急忙收手。回到家后，县长迫不及待翻开那本书第116页第7段，只见上面写到：胆子再大点，往下走，有无限风光等着你。县长拍腿大呼：妈呀，理论知识不强将失去多少机会啊！楚香讲这个段子明显是挑逗嘛。理所当然，史老板上了楚香的香床，成为了和谐的伴侣。史老板也向楚香说明了实情，给了她事先准备好的500万元，让她另择高枝。

第三个情人也来了，某电台的主持人，叫可儿，是个知书达理型的，史老板至今还能背诵他跟她示爱之后，可儿给他的那封情书。史老板当着可儿的面，又背诵道：寒冷持续了几个星期，爱的降临如获至宝，驱除了爱河的寒气，哦！是的！爱的种子将埋于我们的心田，爱潮拥抱着我们。顷刻间，海浪平静如初，每一朵浪花的欢呼，雀跃成朵朵的银花，宛若含苞欲放的睡莲，朵朵都像前世的梦。一个新的春天的世界里，有爱溢满，它像井源，像泉源，从那里流淌着，又像喷薄欲出的海浪，朵朵宛如前世的誓言，或许我们不能选择这个世界，不能选择四季如春，但是我们可以选择畅游于爱河里，创造我们丰饶的爱情生活！春天来到我们的心田，银色的浪花在心底奔涌，一路潺潺而行，那是爱的喜悦，是灵魂的呼唤，我们禁不住……我要和你相伴永远！史老板背完了，捧着可儿的脸，泪水涌出了眼眶，继续哽咽道，可儿，亲爱的，不能相伴永远了。说罢，拿出一张500万元的支票，塞到她的手里。

史老板没有后顾之忧了，剩下的财产，几幢别墅，几幢商务楼，几家运行良好的工厂和公司，几部豪华车，数百张名人字画和大量的古董，数千万元的股票，还有数千万元的现金，让老婆儿子打理吧。

但是，一个多月后，在家人的悉心照料下，史老板感觉胸闷减轻了，咳嗽也减弱了，有时居然一天都没有咳嗽的症状。史老板决定再到北京解放军305医院复查一次。这次检查的结果，让史老板喜出望外，肺部的阴影奇迹般地消失了，再进一步地检查，排除了癌症。

死而复生的快乐让史老板精神大振，回家后，决定重新制定公司的发展规划。

在紧锣密鼓把公司做大做强的日夜操劳中，他想起了被他打发走的三个情人，心里觉得有些对不住他们，觉得自己的做法会让对方误解，以为是诈病，故意要甩了她们。史老板考虑再三，决定给情人们每人发去一条短信，以说明情况，同时，又非常煽情地欢迎她们回来，重新开始新的生活。岂料，三个情人无一例外地或明说或暗示，不会再回到史老板身边了。

史老板简直不敢相信，难道还有别的男人对她们更好吗？就又分别发了短信给她们，问她们离开他之后的这段日子里，情感生活还幸福吗？让史老板万万没有想到的是，三个情人回复的短信让他惊异万分，小梅的短信说，我的情感生活嘛，就相当于雅兰席梦思床垫。史老板一下子没反应过来，让新来的女秘书找找这条广告，上面的广告词是，尺寸超大，强壮又柔。史老板明白了，小梅又有新的爱情了。很快的，楚香的短信也回了，只简单地写了几个字，雀巢咖啡。史老板以为她离开他之后的感情生活像雀巢咖啡一样浓香醇厚，但是，当女秘书把雀巢广告拿给他看时，他目瞪口呆了，上面分明写着，欢乐到最后一滴。于是，史老板也知道了，楚香的情感生活也很圆满，她是不会再回来了。史老板把最后的希望寄托在可儿身上。但是可儿的回信同样让他费解，国泰航空。史老板立即让女秘书念国泰航空的广告词，每周七天，一天三班，中途无休。史老板也知道了，可儿已经是别人的可儿了。史老板伤感地想，那场病，来的是时候呢？还是不是时候？

　　站在他身边的女秘书看老板情绪不对，就劝慰他说，老板，不用担心啊，还有三菱电梯啊。史老板看着身边这位做过模特儿的年轻而美貌的女秘书，说，你不是叫菱儿嘛，怎么扯到三菱电梯上啦？我是菱儿，也是三菱电梯。菱儿说完，红艳的双唇努一下史老板手里的报纸。史老板在报纸上找到三菱电梯的广告，一行粗黑的标题是，上上下下的快乐！史老板合上报纸，说，重新洗牌！

洗　澡

卫生间又传出哗哗的水声了。

哗哗的水声就是信号，告诉老顾，冬丽丝在洗澡。老顾的老婆冬丽丝，近来一反常态，喜欢在卫生间闹出动静——洗澡时，会把皮肤拍得"啪啪"响，各种容器也弄得叮叮当当。然后，一头钻进自己的空调房间，门一关，在电脑上，不是看韩剧，就是看电影，要么就在网上溜达（她自己话）。

老顾想不起来，他和老婆是什么时候分居的，快有一年了吧？大概是。反正从开始到过程都挺自然的。具体好像是女儿刚上大学不久后的一天，冬丽丝外出应酬，回来晚了些，洗漱完毕，嘟囔声，我累了。就钻到女儿的房间。临了，还伸出头来，对老顾说，你也早点睡。

自从女儿上大学，老顾一度也打起女儿房间的主意——搬到那间空房去，独占一间，独享清静。反正和老婆已经好几年没有那个事了，挤在一张床上，免不了皮肉碰撞，相互不但没有反应，反而还别扭。但是他一直不好开口，怕老婆对他的行为产生怀疑。毕竟，他还不到五十岁，还处在壮年。而老婆呢，比他小六七岁，风韵正犹存。再者呢，他和胡娜娜，多年来，还一直保持秘密关系，如果主动提出和她分居，弄不好引起她怀疑，进而跟踪，盘问，迟早会露馅。

没想到老婆识趣，自动睡到女儿房间了。

这一年来，老顾独享大房大床，自由翻身，自由思想，真是其乐无穷啊。

卫生间的门开了。

卫生间的门又重重撞上了——老顾总能感受到老婆的一举一动，就连她进了自己的房间，关上门，他都仿若亲见。

老顾便给胡娜娜发短信，告诉她，半小时以后，在郁洲绿园东门外绿地见面。

这是老顾头一次晚上八点出门。大热天的，如果没有特殊情况，谁在这时候往外跑啊。当然，如果是应酬吃饭，那是六点之前就出门的。老顾少有应酬，基本上是深居简出。毕竟自己"病休"两年了。所谓病，不过是自己的脱身之计——报社搞竞争上岗，他在主任的位上，被人顶替了，一时面子上不好看，又不愿意屈居到别的部门干一个小记者，便遵循报社惯例，拿全额工资，"病退"回家。这一两年来，他对外界少有接触，一直躲在家里，整理他以前发表在自己版面上的那些小言论和小杂感，准备仿效鲁迅，出一本杂感集，也算是对这些年记者生涯的总结。但是，和胡娜娜的亲密关系，还一直保持着——虽然相见有时频繁，有时疏离。总之，两人之间的度，把握甚好，既满足情感上的依托，又弥补生理上的需求。只是胡娜娜近来一反常态，频频要求和他约会——昨天下午刚刚到宾馆开过房间，今天下午又发短信。

老顾也在兴头上，当然不想错过机会了。

老顾估计冬丽丝已经收拾完毕，正躺卧在床，在电脑上溜达了。

老顾便开门到客厅，假装找东西。

客厅里真闷热啊，就像桑拿房一样。老顾看一眼一角的立柜式空调——自从女儿上了大学，客厅的大空调很少开了。老顾在饮水机上打一杯开水，顺便查看冬丽丝的房间。老婆的房间里，隐约传出英语对白声。不出所料，她又在看美国原声大片了。老顾还发现，门的底缝里，还映出一线光亮。

老顾心里暗喜。

老顾一边大声咳嗽，一边钻进卫生间，还一不小心，把卫生间的门弄得很响。然后，老顾开始大张旗鼓地洗澡了。老顾把花洒的角度调整好，让温水从头顶淋下。老顾感觉好爽啊。临了，老顾也如法炮制，把卫生间的盆盆罐罐弄得乒乒乓乓——他真希望老婆出来呵斥他一声。他也知道，老婆一看大片就入迷，不会理会他的。

老顾重新回到自己房间，开始小心收拾了。老顾从衣橱里找出干净衣服，穿整齐，还少有地戴上手表。老顾在平静一下之后，打开卧室门——还好，一点声音都没有。又反身关门。还是没发出任何声响。老顾在穿过客厅时，步子轻得要飘起来，连空气似乎都没有流动。老顾在打开防盗门时，该死的防盗门还是"呀"一声，虽然轻得还不如一个屁，也让老顾收手停顿一小会儿。老顾望着老婆的房门，确认安全后，出门了。

不消几分钟，老顾就来到郁洲绿园东门外绿地。已经先到一步的胡娜娜从树荫下冲过来，扑到他怀里。两人的接吻和抚摸像是例行公事，接下来才是迫不及待都要做的——树丛中一张休闲条椅上，两人相拥着融为一体……

你身上好香。胡娜娜说。她已经整理好衣服，满意地靠在老顾的肩窝，似乎还沉浸在刚才的欢愉里。

我洗过澡的。老顾说。老顾急于回去。毕竟他是偷溜出来的。

老顾的眼睛，不自觉望向前边的马路。

两三米远外，隔着一条绿化带，就是人行便道了。

有情侣在便道上行走。

这儿是两个路灯的结合部，灯影暗淡而迷离。那对行走的情侣停下来，紧紧相拥。

胡娜娜胳膊用用力，抵一下老顾，示意老顾看过去。老顾其实已经看到了。

我的灭蚊灵好吧？胡娜娜埋在老顾肩上轻声道，一个蚊子都没有。

老顾并没有听到胡娜娜的话。老顾的眼直了。对面人行便道上那个女人，太面熟了，那不是老婆冬丽丝吗？

你真香。那个男人说。

我洗过澡的。冬丽丝说，我得赶紧回了。

老顾听了他们的对话，头脑"嗡"的一下炸开了。

今天是她三天学习的第一天。

他在下午两点，赶到她居住的城市。两点十分时，他已经在教师进修学校附近，找了一家不错的宾馆。

他在第一时间给她打电话。

她说正好是第一节课下课时间，马上过来。

二人在宾馆房间相见。由于已经见过数次，相互并不陌生，只相视一笑，尽在不言中。

她洗浴时，他听到迷人的水声，心潮澎湃，也进去了。两人在花洒下调笑却近乎简单，蜻蜓点水般地抚摸和拥抱。事实上，都有些迫不及待的亢奋。

40分钟之后，他们疲惫而幸福地靠在床头，相互说些这些天的思念，说些各自的生活，也说些家长里短。他要请她一起吃晚饭。她说，那怎么行？肯定不行。先生知道她学习班是三点半结束，她在四点之前必须回家。她说完，看看他的表。已经过了三点。她说，对了，给我们讲课的老师也住在这家宾馆。老师从南京来的，年龄不大，跟我差不多吧，可人家早就是特级教师了。嘻嘻，她很漂亮。她说她很漂亮时，吻他一下。他相信，女人说女人漂亮，那是真漂亮。他故意假装对女教师的漂亮不感兴趣，说，那么，都三点多了，你什么时候走啊，真不想你离开。后一句话是真话。他知道，她也不想走。她说，三点半。为了安全，必须走啊。他通情达理地说，知道。不过，小心和你老师撞上。

到三点半时，他们已经穿戴整齐。

他说，我送你。

他们进入电梯，手拉手，笑意在对方脸上都很亲切。他期待地说，明天上午早些来呀。你逃课，我在房间等你，中午我们一起去吃饭。她说，不用逃课，十一点就下课了。我到楼底打你电话，你下来就好了。

他们穿过楼底的过厅，刚出门，还没到阳光里，她就惊惶失措地小声道，老师。说罢，赶快打开太阳伞，把自己挡住了。他则迎着老师走去。老师确实漂亮，和她的漂亮不太一样。老师是丰满型的，皮肤白而透，用美丽也许更为恰当。而她，瘦而俏，漂亮一词恰如其分。他这样想。走到路牙石时，老师已经走进宾馆大厅了。她靠拢过来，举起伞，露出脸，笑笑道，老师没看到我吧？他说，没有。她嘻嘻道，危险。不过没关系，她也不知道我们两人是啥……啥关系。他说，还是不让她看见的好。她调皮地说，那是。

这一天，很美好。

第二天上午，他在房间上网，打发时光，等着十一点的到来。

还不到十一点，她就打电话，说到楼下了。

他匆匆下来。

他们沿着一条老街，来到一家还不错的饭馆。吃饭时，她说，我逃课了，不过只是几分钟。她又说，逃课人很多了，昨天第一天就有很多。美女老师光顾漂亮了，课上得一点也不好，没劲透了。

回到房间，十二点还差五分。

在床上，他们比昨天更从容，更尽情，还探讨新花样，当然也更满足。完事后，他们一起冲澡时，她咯咯一笑，说，夜里睡得真好。你知道，我前晚一夜没睡。他说，怎么啦？她抵他一下，你不知道啊？想你呗。他呵呵乐了，问，你昨晚没和他做啊？她说，没，他在外应酬了，可能酒大，很晚才回来。他呀，想做吧，可我不想，我假装睡了。

他们说的他，是她先生。

他说，他怎么没来培训？

她说，他们学校好像没人来。不是每个学校都来人的。

重新回到床上，时间已经没有了。她一点就要上课。她说，我得提前走，防止在宾馆里碰到老师。你就不要送了。他说，你要能在这里留宿，住一夜，多好啊。她说，那怎么行啊，他那么聪明，一定会怀疑的。

这一天，也是快乐而美好的。

照例的，他在第三天上午十一点钟，在楼下等到他了。这是三天相聚的最后一天。

在饭店里，她好像是故意卖个关子，也或是想让他的幸福感来得突然些，媚媚笑着，柔声说，好事哦，美女老师开恩，说下午有事要办，把下午的课也上完了。他立即理解了她的话，压制住兴奋，说，不上课啦？下午，都是我们的了？她的话飘在红唇上，是呀，都是我们的呀，真好吧？

回到宾馆，他们不像昨天和前天那么匆忙，而是很充裕地把时间利用好，让快乐一直伴随在周围。直到下午三点。她迷盹着说，这下遂你愿了吧？他搂紧她。

三点半时，她出门。依惯例，他送她。她背小包，拿太阳伞，走在前边。他勾着她的手，紧贴地跟着。走没几步，拐个弯，就是那条长长的走廊。电梯就在走廊尽头等着他们。他们都有些依依的，即将分手的伤感从一踏上走廊起，就萦绕在他们心头。

突然的，走廊中间的某个房间里，走出一个高大而英俊的男人，他拉着一个红色旅行箱，站在走廊回首望着房间。房间里随即走出来一个丰满而高雅的女人。

刚拐过来的他和她，同时看到那对男女。

她反应机敏，一步退回去。

他也紧跟着退回去，小声说，你们老师。

而她，却脸色苍白了，喘息着说，快，回房间。

回到房间里，她还惊魂未定，靠在反锁的门上，泪如雨下。

他突然意识到，她的紧张，她的泪，不是因为美女老师，而是老师身边那个男的。那是他先生。他在她博客上见过她的全家福。

 # 相机掉了

1

李车在土河酒业公司是业务能手，做过销售部副经理，新近刚刚接到调令，任安徽大区总经理。这可是个肥差。李车很感谢老总对自己的信任。

老总姓杜，就是历史上会做诗的杜甫的杜。但杜总不会做诗，他会喝酒，一口二两的美酒，他能连着喝七八口。杜总也喜欢女人，身边是美女常新。杜总因此活得很滋润，嘴里经常哼着歌，熟悉曲调的人会听出来，杜总哼唱的是邓丽君的《美酒加咖啡》，只是，他把咖啡，换成了美人。

李车在临赴安徽之前，和老婆小猫好好缠绵了一回。

"车，你到安徽去，要天天想我哈。"小猫躺在李车身边，声音娇柔的就像谈恋爱时那样直钻人心，表情也妩媚可人。

"放心，我就像一只瓶子，把你密封在心里。"

"真的？我相信你，不许想别的女人哦。"

"不想，谁都不想。"李车嘴上这样说，心里正盘算着，如何趁离开老婆的这段时间，和阿雯更长久地待在一起。

"你什么时候走啊？"

"后天，车票买在后天早上。明天晚上，杜总要摆酒为我送行。"

"看人家杜总，对你真好。你什么时候跟杜总说说，把我从质检室调到宣传部，你没看我文章写得多好吗，做部长都绰绰有余啊。"

"这个……杜总那人你也不是不知道，他调动提拔的那些美女，哪个不跟他有一腿？"

"嘁，就你把人家想歪了。再说，我也不是美女。"

2

李车此时正在阿雯的床上。他是今天早上来的。

一大早，李车告别老婆小猫，拉着行李箱，匆匆去赶七点二十分的火车。但是李车到火车站没有上车，而是去售票口，改了车票，把日期改签到明天早上。然后打车来到苍梧小区的阿雯家。

一进阿雯家的门，李车就被阿雯紧紧抱住了。阿雯乖啊肉啊地亲着李车，嗫嗫地说："小狗吃的，昨天晚上我就想你了……啊啊啊唔唔唔……你终于来了。"

李车也处在激动中："来了来了，不走了不走了。"

阿雯"啪"地在李车的脸上轻扇一巴掌，说："昨晚和老婆做了吧？"

"没有没有……"

"你敢说没有？"

"真的没有，昨天晚上，和杜总喝酒喝高了。"李车说，"再说了，咱俩昨天上午刚在你车里玩车震，哪有能力连续作战啊。"李车说的是实话，他上午和阿雯开车去南云台山，玩累了，再加上晚上在杜总专门为他举行的欢送晚宴上喝醉了酒，所以夜里他睡成了一摊泥。

阿雯挨挨挤挤地往李车的怀里钻。李车也就顺势把她抱起来，扔到了床上。

两个人一番肉搏之后，阿雯咻咻地吸着气，说："相机呢，我要把你拍下来……"

"好啊好啊……"李车的话说了一半，突然想起来，相机忘了没拿。李车滚烫的身体突然就冷下来了，这下坏了，他把相机丢家里了。他昨天上午和阿雯在她豪华车里玩得痛快，拍了不少艳照，什么样的镜头都有，他怕被小猫发现，中午回家时，把相机藏在书橱里，准备今早出发时再带上，到安徽再传到电脑里，想念阿雯时，好拿出来欣赏把玩。可万万没想到，忘在了家里。

"怎么啦?"李车身体突然软了，让兴奋中的阿雯十分不满。

"坏了，相机丢家了。"

3

李车知道相机留在家里的危险性，他当机立断，回家拿相机。现在是早上八点半，这个时间，老婆小猫已经去上班了，他要赶快潜伏回家，取回相机。

一切都很顺利。

开门了。

进家了。

拿到相机了……

但是，他隐约听到卧室传来一阵阵怪异的声音，家里会有贼吗？或者窗户没有关牢？李车紧张了，他悄悄推开一条缝，看到的景象让他大吃一惊，小猫正和一个男人在床上翻云覆雨……

李车手里的相机"啪"的掉到地上。

响声终于惊动了床上的两人。

李车也看清了那个男人，竟然是杜总!

杜总此时已经滚到一边，并看到李车丢在地上的相机。

再也没有适合的词汇能形容三人此时的心态和神态了。有一点需要交代的是，李车是捡起相机，迅速逃离现场的。

4

李车接到杜总打来的电话。

"不是。"李车实话实说。

"小猫可没跟我说宣传部的事。"

"我知道……不不不……我不知道。"

"但是你躲在家里拍片子……也不够高尚啊……"

"不不不……"

"你也不用解释了，你看这样行吧，我决定，调小猫到宣传部，而且一步到位，当部长。"

"好好好……"

"但是，我也有一个条件，请你把你今天拍到的，全部销毁。"

"好好好……"李车此时已经来到了苍梧小区。

"而且我也保证，以后不再打扰你家小猫了。"

"好好好……"

"照片一定要销毁，不能以任何方式流传，更不能让我的爱人阿雯知道……她身体不好，一直在家休息。"

"好好好……"

"再见！"

李车拿着手机，感觉杜总就在身边似的。李车望望三楼淡粉色的窗帘，他知道，窗帘后的大床上，阿雯正等着他。

李车犹豫着，不知道该不该上楼。

 喜　欢

　　小郑离开恒天集团后，头一次回来。

　　在集团接待室，小郑和过去的同事聊天，相互诉说分别十年来的变化。过去的同事都对小郑表示敬佩，他不过是一所三流大学的毕业生，却在企业工作一年半后，考上市某权力机关公务员。现在，他又调到科技局，任技改处处长了。

　　他是以技改处处长的身份，来恒天集团考察的。

　　接待他的，是办公室主任吴海燕。吴海燕也是十年前的老同事。那时候，他们一起在销售部。那时候的恒天集团，才是一个年销售额不过三个亿的中型企业，通过十年的发展，已经扩张了十几倍。那时的销售部，还没有现在分得这么细，大大小小十几个部。那时候大家在一个大菜间，卧在一个个小隔断里，凭着每人一部电话，每人一部电脑，上网寻找市场。当时的小郑，业绩算不上优秀，但也不差。

　　说起那段峥嵘岁月，小郑也是唏嘘不已、感慨颇多。

　　吴海燕开门见山，说，想见见谁啊？反正董事长要中午才接待你，这会儿就是叙旧。

　　小郑说，我还能认识谁啊？

　　这时候的吴海燕，脸上现出一种神秘的神色，还有一丝狡黠，她变一种腔调，说，小雪还在，她现在是销售四部的经理喽。

　　听到小雪的名字，小郑心里咯噔一下。小雪那时候天天挺着胸脯，高傲得很，谁都不睬，特立独行，加上人又漂亮，在销售部异常孤独，用那些女人刻薄的话说，人不沾，鬼不靠。就连好脾气的吴海燕，对她也没有一句多余的话。但是小郑呢，内心里觉得这个女孩冰清玉洁，是

个好姑娘，如果不做作，不拿腔拿调，不装作一副拒人千里的样子，他说不定会追求她的。即便追求毫无结果，他也甘愿冒这个险。由于接下来他投入到公务员考试中，小郑只好把这个心思藏在心底，没对任何人公布过。可吴海燕怎么会突然提起小雪呢？吴海燕提起小雪，不会是知道他心底尘封的秘密吧？

就是那个长头发的陈雪？小郑煞有介事地说。

是啊，我们销售部你最喜欢的人嘛。

小郑心里再次一紧——被吴海燕说到心坎上了。但小郑还没来得及解释，吴海燕已经出门了。

十年了，小雪还会那样吗？小郑想，便期待着小雪的出现。同时，也在琢磨吴海燕的话。对于对小雪的情感，他深信自己对谁也没有透露过，也从来没有表现出来。一来，他当时的志向，并不在公司；二来，他当时在公司不过是丑小鸭，而小雪就是白天鹅。那么吴海燕是怎么知道他心思的？

片刻之后，接待室门口响起一个好听的女声，谁呀？吴姐你不说我可不进。

进去你就知道了，真的是你特别想见的人。这是吴海燕的声音。

能扯啊吴姐，我想见谁呀？我谁都不想……

小雪的话没说完，人已经进来了。她是被吴海燕推进来的。她看到接待室沙发上坐着好几个人，除了单位的老同事，还有一个三十多岁的年轻人，红光满面正朝她笑。吴海燕还是一眼认出来了，这不是从前的同事郑波吗？他怎么来啦？这是第一印象，紧接着就是，吴姐怎么知道我最想见这个人？真是莫名其妙。但她还是脸红了。是的，大约十年前，她对他不是很有好感吗？虽然一晃这些年了，他也早就从她记忆里消退了。但，一照面，他还是迅速占据了她的心，那一瞬间的感觉，让她心里一阵狂跳。

冷静，冷静。她暗示自己，明媚地说，呀，小郑……先生……

该死，还是慌了。

好在吴海燕及时解违道，郑处长，人我给你请来了，你们两人……看看，变化大吗？

在接下来的聊天和交流中，小郑和小雪当然没有重叙旧情。事实上，他们也没有旧情可叙。他们各人从对方的神色中，知道相互是喜欢的，至少不讨厌。但，他们共同的疑问就是，吴海燕怎么知道自己当年的心思？小郑还想，如果当初没有考走，会是什么样的结果？说实话，小郑给自己第一份工作的恒天集团，还是充满感恩的。而接下来的考察，会不会受到影响呢？那可是一个3000万的国家技术补助啊。小郑转头，看到了吴海燕。小郑突然有些害怕，即便眼前的一切，是吴海燕的导演，那她掌握的素材也太准确了。

发　型

　　玲是机关招待所最漂亮的女孩。在众多女孩身穿迷你裙或高腰西裤上班的时候，在她们变着花样扮酷的时候，玲仍坚守自己的清纯、古典和雅致。白色的短袖衫，湖蓝色长裙，棕色半跟凉鞋。当那些女服务员坐在电风扇前对七月的高温怨声载道时，玲却从黑色仿皮小坤包里拿出一把小梳和一个小圆镜，仔细梳理她那秀美的短发。女孩们注意到，玲光洁如瓷的额头没有任何汗渍。就是说，玲的心，平静如水。

　　玲的齐耳短发，对玲来说，意义无边无际。

　　读高中三年级那个春寒料峭的早春，一个眉清目秀的男孩对玲不经意地说，你留短发好俏丽。

　　如果这个男孩是一般的男孩也就算了，他恰恰是玲从高中一年级以来就默默爱恋的班长银川。

　　银川是这个城市唯一值得她怀念和痛恨的男孩。他当兵去了，到喀喇昆仑山一个高寒哨所，扔下这座城市和这座城市所有漂亮女孩。玲最后一次听到银川的名字是在高考前夕一个闷热的中午，洗手间里两个高挑的身穿红色连衣裙的双胞胎姐妹，一个说，银川走有一个多月了，这个城市再也没有真正的男孩了。另一个女孩痴痴地笑一阵，突然说，银川有点像大卫。也许她觉得这样的赞美不着边际，又说，告诉你吧，银川送过我一支钢笔，就是那支红色的。玲听了她们的话，觉得恶心，这算什么，这算什么！玲用手轻轻抚一下柔顺的短发，玲听到一个声音在说，你留短发好俏丽。这是银川的话。玲记住了。

　　玲的短发能留到今天，真是经受了无数次的考验，比如某一年夏天某一个晚霞很红的傍晚，一个成熟的男人认真地对她说，假如你留长发，也许更美。

这个时候，玲已经完全长大成人，也学会了揣摩男人的心理，他们的话并非每一句都是肺腑之言，说不定他们有自己非分的想法。

玲珍爱短发，也珍爱她心中珍藏已久的情愫。她为一个男孩留了五年短发，她不会因为另一个男人的片言只语而留长发的。但是，在一个偶然的场合，玲的一个女同事指着电视上一个著名的广告说，我想象你要是一头长长的秀发，那一定很棒！女同事又接着说，男人都喜欢女人长发的感觉。这一回，玲相信了，因为女同事不是爱她的异性。女同事没必要附和她。因而她相信女同事的话是客观的，真实的。

于是，玲开始她漫长的、马拉松式的留长发过程。玲心中的那个男孩，也就随着头发的长长而渐行渐远。

然而，在一次偶然的聚会中，玲和银川不期而遇。

这时候的银川已经是一家电器公司营销部的经理了。他也非常吃惊能与玲在这样的场合见面。他们自然回忆起中学时代，回忆起毕业后的风雨人生。谈话中，玲知道银川和双胞胎姐妹中的一个结婚了。不知为什么，玲心中有一种怅怅的悲凉的感觉。

如果银川不提她的短发，如果银川不说她现在的长发如何的美丽，玲也许觉得这最多是一次一般的邂逅。可银川用一种伤感的语气回忆道，记得高二下学期的运动会吗？你在操场上练标枪，你助跑、跨步、挥臂，你那时不是现在的长发，你那时是短发，对，我妈说，那叫柯香头。知道柯香是谁吗？我妈当知青时，有一出著名的样板戏，柯香就是戏里的主人翁，那时候的女知青都迷恋柯香的发型，我妈最好看的照片，就是短发的那张。还记得吗，你上高中时也是短发，你的短发随着你的助跑，抖动得多么欢快啊，你那时候，那时候……顶漂亮了……不过你现在的长发也挺好，真的，挺好……

玲听不下去了，她鼻子一酸，转过了身。

故事不好再讲了，真实的情况是这样的，玲在这年的十月结婚了，丈夫是团市委城市部的部长，他对玲的飘飘长发欣赏备至。只是新娘在出嫁那天梳的是齐耳的短发，许多人啧啧称赞说，新娘的短发是这座城市最漂亮的发型，新娘也是这座城市最美丽的新娘。

泄 密

1、自 杀

王大水自杀了！

王大水是圣湖宾馆总经理，更是圣湖市红得发紫的人物，在总经理的位子上一干30年。

王大水在年近六十、即将退休前自杀，引起小城不少的猜测。

圣湖宾馆原先不叫圣湖宾馆。圣湖宾馆以前叫市第一招待所。圣湖宾馆叫第一招待所的时间很长。王大水刚刚30岁那年，被任命为所长，是历任所长中最年轻的。王大水当了十年所长，遇上改革的好时机，第一招待所改成了圣湖宾馆，自然的，王大水又过渡为总经理。圣湖宾馆在王大水的经营下，从三星，到四星，一直到五星，主宾楼从一幢，到两幢，到三幢，一直到今天拥有两座摩天大厦的顶级涉外宾馆。圣湖宾馆在王大水的经营下，可谓登峰造极。当然，王大水的总经理也当得风生水起，不可一世。

但是，如此红极一时的王大水突然自杀了，小城人的议论便纷纷而起，是经济问题？还是政治问题？抑或是生活作风问题？现在的权势人物，这三种都有可能。老百姓喜欢听小道消息，许多人竖着耳朵到处打听，一些细节甚嚣尘上，一说王大水几十年贪污达数亿元；一说，小三小四因为争宠；把他逼死了；另有一说，是权力争斗争的结果。究竟哪一种说法更为可信，仍然不得要领。

2、书　记

陈阿巨是个秃子。

这年头，秃子已经不多了。

陈阿巨是市委书记。市委书记是秃子，更是凤毛麟角，何况他才四十多岁，年轻得很。

假发，便成了陈书记形影不离的装饰物。

陈书记戴上假发，依然是英俊潇洒，加上工作能力极强，不久前，被调到发展相对落后的圣湖市当一把手。

陈书记是满腔热情走马上任的，是一心想扭转、改变圣湖市落后面貌的。但是，他没想到，圣湖这地方，水很深，关系错综复杂，和胡市长根本配合不起来。关键是，陈书记上任不久，纪委那边就把一大沓检举揭发圣湖宾馆总经理王大水贪污的材料放在他面前。陈书记翻看材料之后，十分吃惊。因为这些材料都是有根有据，大多是实名揭发，电话号码、联系地址留得清清白白。陈书记顿觉事态严重，和胡市长勾通后，指示纪委书记，此事不能声张，也不能在常委会上讨论，胡市长也是这个意思，因为从材料看，还涉及前任市委书记。陈书记让纪委书记立即专程去省里，把材料原封不动地上交省纪委。

万万没有想到的是，纪委书记在省城待了两天，还没有回来，王大水就自杀了。

3、市　长

圣湖市市长胡必胜是个老资格，干了十年副市长，其中五年常务副市长。五十岁那年，终于修成正果，当上了市长。胡市长在市长的位上一干就是五年，和原书记一直配合不好，配合不好的原因，主要是对他生活作风和贪赃枉法十分反感，据下边的人反映，原书记长期住在圣湖宾馆总统套房里，和多个女人有染，圣湖宾馆大兴土木、搞摩天大厦时，送给原书记数千万元，另外的小恩小惠就不计其数了。但是，胡市长都以大局为重，只从侧面提醒过他，多年来，都是小心谨慎，忍气吞声，盼着哪天书记调走，自己自然递进为书记，也好大展一番宏图，大干一番事业。可是事与愿违，书记是调走了，调到省里某权力部门任厅长了，却新来了陈书记。他今年正好在杠子上，五十五岁，失去了这次机会，就再也没有机会了。

胡市长一度心灰意冷，对新任书记陈阿巨的工作思路也不能认同，工作更是配合不起来。这时候的胡市长后悔了一件事，当时他有根有据地掌握了原书记的贪污行为，却没有揭发。现在人家到省里工作了，飞黄腾达了，而他自己，还要把市长继续当下去，心里多多少少有些纠结，是一咬牙，揭发原书记的问题呢，还是继续在市长的位子上委屈下去呢？

但是，王大水死了，胡市长就更没有机会了——就是想揭发，也是死无对证了。

4、泄 密

陈书记上任不久，就出了这么大一个乱子：一个巨贪王大水，在即将对其采取行动的时候，突然自杀，这里面一定有问题。但是问题出在哪里？是哪一个环节哪一道程序出了差错？陈书记简单一梳理，问题就清楚了：纪委书记不会泄露的，他早就掌握了举报材料，如果他要泄密，不会在这时候，王大水应该早就知道了。那么，只有一个人，胡市长。对，纪委书记在去省里之前，他们通过气，为了保密，还相约不在常委会上讨论。胡市长为什么泄密呢？他一定是卷进了这起案子中。可从那么多揭发材料上看，没有一个和胡市长有关。这就更有问题了，一个从副市长、常务副市长到市长，干了十多年的领导干部，会没有问题？说不定问题最多了。合理的解释是，原市长在得知纪委书记去省里汇报后，逼迫了王大水自杀身亡。

但，这样的推测毫无根据，也不能这样向上级汇报。再说，胡市长也不会承认的。

省纪委对此紧抓不放，首先查问泄密问题。纪委书记知道要说出个子丑寅卯来，不然过不了关。

5、会 计

圣湖宾馆会计胡亚慧是个美丽的女孩，她还有一个身份，是胡市长的女儿。突然有一天，她在圣湖宾馆失踪了。

不久之后，王大水的自杀案有了眉目，泄密者不是别人，正是胡亚慧。而给胡亚慧泄密的，是她的父亲。

又过不久，胡市长被调到邻市，任人大副主任，保留正厅级待遇。

胡亚慧被判三年零六个月，缓刑五年。

大画家

　　大画家王绿溪好吃，每请必到，每到必大吃大喝，每大吃过后，必害胃疼。就算没有朋友故交请吃，他自己也必弄几个小菜，吃碗黄酒，解了馋瘾，方可在画案前铺纸研墨，挥毫设色。

　　关于王绿溪好吃，有几个段子最为著名，其一是，绍兴朋友来访，赠送他十包芡实桂花糖，老伴对他知根知底，只留一包给他，晚上吃了以后不过瘾，又潜入房间，偷了三包出来，一口气吃了，结果害得夜里胀胃，疼了一宿。其二是，常熟朋友给他送来一莆包阳澄湖大闸蟹，老伴知道他是吃蟹能手，特意多煮了几只，但他嫌不足，趁老伴不注意，又抓几只扔在锅里，结果，他一下午什么事没干，拿出蟹八件，敲敲打打，硬是把三十只蟹子给吃光了。至于他早上喜吃油条豆浆，那就更不是什么秘密了——老伴怕他多吃，每次买了早点回来，都要叮一句，就五根啊，你四根，我一根。他嘴上哼哼着，一把抓过油条，双手齐开工，一条一条撕了，往嘴里塞——其实并没有人跟他抢食。

　　更有意思的是，王大画家吃过油条，也不洗手，嘴里一边动，一边就踅进画室，抓过一张红星宣，拖过笔，便开始作画。自然的，无论他画什么，照例都被弄脏了——油手印布满画的各个角落。大画家毕竟是大画家，高明的是，他都能恰如其分地在脏的地方，画只麻雀或别的飞禽，有时或是一两朵小花。但识货人还是一眼就能看出来，那是添补过的，目的是遮遮"脏"。

　　话说王大画家晚年结交一个知名篆刻家，名陈一凡，年岁虽然六十有八，但也比王大画家年轻了近二十岁，所以一口一个老师叫得甜，还义务给王大画家免费刻了两套画印加几块闲章共十四枚，条件是，换画三张。王大画家历来都不是小气之人，也不多说，朝画案前一站，就要作画。陈一凡立即叫暂停，端了盆，打来半盆清水，请王大画家净手——怕弄脏了画。如此三个上午，三幅精致的花鸟作品算是完成了。王大画家看陈一凡孝心重，答应再为他画两张。陈一凡高兴啊，接连两天，更是提早到了——他怕王大画家不洗手。

陈一凡付出十几方印章的代价，得到知名老画家的五幅作品，而且又是净手画成不带油手印的上乘之作，心里十分惬意，一时间成了王大画家的座上客。

某日下午，陈一凡老先生在王大画家的画室小坐品茗，忽然进来一个不速之客。此人手持一画，说是在市场花大价钱收购的，多方打听才找来，求证此画的真伪。此人展开画作，陈一凡一眼便看出是赝品，特别是款识，书为"安杏王绿溪"。但王老只瞄一眼，便连说，是我画的是我画的。来人喜笑颜开，满意而去。

陈一凡却不以为然了，他说，连安吉都错成安杏了，怎么会是您老的手笔呢？

王大画家更是坦然地说，我老了，笔误也。

陈一凡当然还是不解，心想，不是笔误，一定是眼花了，错把赝品，当成真迹。

等陈一凡走后，王大画家开心地哼着七十年前流行的艳调，去跟老伴说了。最后又说，我明知是假画，但人家贩卖也是为了生活，要是说穿了，不是坏了人家的生意嘛。我外面的假画何止一张啊，也不在乎多这一幅。

此事过去也就过去了。又几日，王大画家突然患病，据说也是吃多了——扬州一画商送来几条野生桂花鱼，老伴清炖得好，连汤带肉，吃了五碗，胃疼受不了，去了医院。以为不过和以往那些吃多了食一样，调理几天即可出院。谁知这次交叉染上感冒，进而带起肺炎，终于没有挺过来，十几天以后，便病逝了。

陈一凡手上的五幅花鸟水墨，便成了王大画家的绝笔。

到了旧历年底，市里的有关部门，要组织王大画家的遗作展，向广大藏家征集画稿。陈一凡怀着对王老的敬重之情，把五幅作品全部送到了筹备组。过了几天，陈一凡接到通知，他的五幅作品被要求拿走，理由是，不是王大画家的真迹。陈一凡到筹备组，和专家力争，专家也不多说，只指出一点，说，王老晚年的画上，都有他的油手印。陈一凡一听，真是哭笑不得啊。但专家就是专家，说出的话完全合乎道理，王一凡也是无话可说。

办公室的早晨

　　机关的工会办公室，照例地迎来两位主人，他们分别是大陈和丽雅。大陈和以往的习惯一样，比丽雅先到一步，正在认真地拖地。丽雅进屋后，放下包，照例地说一句，陈大姐早。大陈说，你早你早。大陈注意到丽雅的话比往日明显地多一丝兴奋。大陈抬眼一看，原来丽雅穿了件质地和颜色非常时髦的风衣，毛衣的款式也非常新颖别致，越显得婀娜多姿和性感迷人。大陈在心里说，这小骚货越来越风骚了。但大陈的那份嫉妒还没升起来，心里已经被另一种暗自发笑的情绪包裹着了，因为大陈看到了丽雅化过妆的脸上有一个明显的失误，左眼角的眼影比右眼角短一截，而且上下宽度明显不一样，这样看来，左眼似乎比右眼小了些，而右眼又仿佛比左眼肥肿，从侧面看尤其明显。

　　丽雅到锅炉房打来开水，又抹了抹桌子，然后才坐下来，看一眼先她坐在办公桌前的大陈，以为大陈会对她的新衣服发表几句意见的。但是大陈脸上挂着意味深长的笑，正拿一本杂志看。丽雅说，陈大姐你说周润发退出影坛后会干什么呢？我说发仔除了演电影干什么都亏了。丽雅知道大陈最迷周润发了，故意捡她喜欢的话说，无非还是想大陈夸夸她的新服饰。大陈果然开心说，那也难说，香港的事情也不好讲，四大天王还又唱又演电影又拍电视呢，干什么也不差给谁，干什么也照样红了半边天。大陈的话丽雅听来并没有什么特别，而且说过也没有别的表示。丽雅心里并不受用，但是大陈那洁白整齐的牙齿上粘一叶韭菜叶却令丽雅无比的兴奋。这半老徐娘夜里可能又看了半夜韩剧，早上睡昏了头，吃了韭菜包子也忘了漱口，镶了颗绿牙，还满嘴臭烘烘的，你今天就丢人吧，活该！丽雅和大陈又敷衍几句，就低头一心一意读那本悬疑小说了。

早晨的办公室十分安静。

大陈也拿出一本休闲杂志看，心里却在说，这骚娘们要是出去，那双眼睛非吓死人不可。

丽雅的眼睛也在小说的字里行间移动，心里却暗自窃喜，这老娘们要是开口说话，别人还以为她长一颗绿牙呢。

这时，工会主席的脚步声由小到大地响进了办公室。大陈和丽雅都热情地和主席打招呼。主席似乎没有什么事，只是端着新泡的茶杯例行地走走。但这一走，两个女人几乎同时给他纠正一个容易忽略的问题，主席裤子上的"鸡圈门"没关牢。两个女人拿主席开心，同时又是一玩二笑友善地讨好他。大陈说，主席啊，干什么事不留心啊，没把好关，两只破轮胎差点滚出来了。丽雅尖笑一声，也说，拿笔来，让大陈把你破轮胎涂涂颜色，办公室里响起一阵开心的笑声。笑过之后，主席惊讶地说，大陈你不要笑我了，你牙上粘那一叶韭菜足有二两。笑话有时也让人笑不出来，此时的大陈就是这样，表情古怪而尴尬，她取出抽屉里的小镜子，处理了牙上的韭菜，朝丽雅看了眼。丽雅也注意到大陈那难受的一瞥。与此同时，灾难又降临到丽雅的身上。无疑，主席还深浸在兴奋之中，他盯着丽雅，说，丽雅你今天怎么啦？还有心笑我"鸡圈门"？我怎么越看你越别扭呢？瞧瞧瞧，我们的丽雅要搞化装舞会是不是？把眼睛画得一大一小要上街吓唬人啊？主席说着，还试图伸手摸摸丽雅的脸。丽雅说，什么呀主席？主席说，你拿镜子看看。丽雅从包里拿出化妆镜，对镜一看，脸立即红了，赶快补了妆。主席喝几口说，又打几句哈哈，参加九点钟一个会去了。

两个女人继续各怀心事看书看杂志，心里在抱怨对方的同时，又后悔自己不该不提醒对方的失误。

到处都是狗

　　资深记者陈大明遇到麻烦了，他前天采访、今天见报的一篇批评报道，惹恼了金工公司的老总。老总是省人大代表，亿万富翁，在本市可是公众人物啊，他怎么能咽得下这口气呢，亲自指示办公室主任金美丽和报社交涉。

　　金主任到报社找到领导。报社领导对这种事情早已司空见惯，施展太极功夫三下五除二就打发了金主任。金主任觉得这样回去和老总汇报显然交代不下去，决定去找批评报道的作者陈大明谈谈，看看能不能尽量挽回负面影响。

　　金主任事先给陈大明打了电话。

　　陈大明虽然胸有成竹，但仍然觉得是个麻烦事。他特地从牌桌上赶到报社，又看一遍他精心写作的稿子，觉得事实清楚，证据确凿，没有失实之处，也就坦然地等着了，心里还惬意地想，金主任声音很好听，说不定是个大美女啊，借此机会能够和大公司的美女大管家拉上关系，也许是一件不坏的事。

　　但是，事与愿违，金主任和陈大明的谈话很快就谈崩了，原因非常简单，金主任借着家大业大，又看陈大明鬼鬼祟祟其貌不扬的样子，根本没把他放在眼里，提出要在报纸重要版面上发表一篇同等篇幅的表扬稿子，否则，要收拾陈大明。陈大明当记者多年，吃喝拿要习惯了，还没见过如此霸道和蛮横的人，便阳奉阴违不予理睬，还扬言要把批评报道做足，写半版续篇，直到金工公司认识到自己的错误为止。金主任也不是吃素的，就在办公室里和陈大明争执了起来。陈大明虽是记者，拙口钝腮也不会讲话，出口就骂金主任是疯狗，还是一条母疯狗，一条漂亮的母疯狗，不然，怎么敢跑到报社来咬人？金主任被娇惯坏了，哪里受过这等言语啊，她立即反击。但，人家金主任毕竟是女人，又在陈大明一亩三分地上，反击的话无非还是拿狗说事，这在外交上讲究对等，在互相对骂上，也尽量不要升级。金主任骂人的声音也不高，保持在低八度的位置上。她说，什么是疯狗啊，拿着笔杆子到处造谣才是疯狗呢，不就是想敲诈我们单位一顿饭不成，才乱咬人的吗，要是给点好吃好喝的，恐怕今天见报的就是表扬稿子了。狗的本性无非如此，见到熟人就摇尾巴，见到好处也摇尾巴，你陈大明那点小伎俩以为我不知道，你要想吃直说啊，何必把写好的稿子拿来敲诈啊，做狗也不是光明正大的狗，也是背地里玩阴的。陈大明一听金主任揭了他的底细，心里立即虚了。可这是做记者必须掌握的潜规则啊，到某地或某单位采访一篇批评报道，然后拿着稿子去敲诈，人家只想大事化小，小事化了，就打点一下，或者吃烟，或者喝酒，摆平为止。可让金主任这么一说，他面子上下不来，一时又找不到反驳的话，只好忍气吞声，满心地希望办公室其他几位记者编辑能出头帮他几句腔，可小周小莫大刘这一干人都在装死，埋头写自己的稿子。再说金主任，一看自己占了理，便得理不饶人，又把狗的理论阐述一遍，说，猫走千里吃腥，狗走千里吃屎，有本事你再写吧，几篇破稿子起不了风浪的，陈大记者，再见！

看着扭着小蛮腰消失在楼梯尽头的金主任，陈大明很觉得没面子，恨恨地把茶杯拨到地上。

部门主任胡小梅和专栏作家布丁一边说笑一边进来了，这两个像喜鹊一样喊喊喳喳的美女一进门的话就是狗。胡小梅说，坑死了，你说得一点没错，到处都是狗，我都烦死了，昨天晚上我去超市买点东西，想抄近道走，刚从巷口进去，一条大黑狗冲出来，我被吓得啊，魂都掉了，可走没多远，又有一条脏兮兮的小狗跟上来了，估计是流浪狗，我被吓得跑也不敢跑，不跑又怕它咬我一口……哎呀，你说这些人也真是的，狗有什么好玩的啊，养了也行，也得管管啊，放出来吓人，这是什么道德啊。

布丁嗓门更大地说，你还别不当回事，狗这东西最讨厌了，要是被咬一口，你就晦气了，打了狂犬疫苗都没用，你搞报纸的没听说过啊，有人打了假的狂犬疫苗，不是几天就死人啦！

就是啊，哎呀，别提我昨晚多倒霉了，回来时，又踩了狗粪……你说这些狗，真是无处不在啊。胡小梅意犹未尽，还有呢，养狗那些人家，并没有养狗的条件，卫生肯定搞不好，人都吃地沟油了，狗还能有什么好吃的呢？总不能去敲诈吧？

办公室的许多人都朝胡小梅使眼色，小周偷偷地笑，小莫悄悄地朝陈大明看，大刘更是干咳嗽几声，以期掩饰什么。只有陈大明，脸色难看地坐在那里发呆。陈大明和主任关系一直很紧张，要不是一个部门，又是上下级，几乎互不说话了。可胡小梅不知道金主任前脚刚走啊，也不知道金主任已经把陈大明当作狗骂了半天了，更没有看到陈大明把脸憋得跟猪肝似的，所以，在布丁的推波助澜下，她继续对狗的进行声讨。

陈大明实在听不下去了，又不好说什么，只好拂袖而去。

明 星

　　能成为全省第一期艺术类人才高研班的学员，也算是我的荣誉吧，因为来学习的，都是各个艺术门类的骨干。仅拿我们作家这一块来说，来的三个人，其中两个人都取得过骄人成绩，布丁是享誉全国的 70 后女作家代表之一，曾获过小说选刊奖和全国青年文学奖，许老更不用说了，他是双重身份，是评论家，又是名刊编辑，经他手发表的作品，先后三次获得全国文学大奖，简单说，一次茅奖，两次鲁奖，这在全国的文学编辑中，名列前茅。我能添列他们中间，完全是沾了地域的光——瘸子当中选好腿，在文学相对落后的苏北，我只能滥竽充数了。

　　开学第一天，搞了个典礼，茶会过后是宴会，三十多名学员自报家门，算是自我介绍，一路听下来，不是这个剧团那个剧院的名伶，就是电视台某名牌栏目的主持人，最没有名明星相的，也是某某大报的高级记者，至少进京采访过两会。他们当中，每个人都获得过一连串的全国性大奖，似乎也有几张似曾相识的面孔。掌声自然是不断的。轮到许老介绍自己时，只说是某刊编辑，连评论家身份都没有亮出来。布丁更是谦虚，轻描淡写地说是某单位创作室创作员。我仿效他们俩，说自己是一个自由写作者。

　　孰轻孰重，光靠介绍似乎不能证实什么，从晚宴上，更能体现出自我的价值了，这是显而易见的，难道不是吗？那个叫什么洋的大眼睛少妇很快就成为焦点，大家不但纷纷敬酒，还对她主持的节目表示欣赏和赞叹。锣鼓听音，说话听声，她就是我们班的超女级人物，连带队的领导都成为她的粉丝，拿出本子让其签名。她可能是习惯这种阵势了，不但不怯场，还做足了明星的功课，签名、合影、摆造型，仿佛受过专业训练似的。

物以类聚，人以群分，在以后的上课中，大家自然就分成了几伙，在课堂上紧挨着坐在一块，课后也是一起交流着什么。有一天，许老、布丁和我到一个朋友处吃饭，饭后散步回来，离上课时间只有半个小时，就没有回宿舍，而是直接到了教室。碰巧大眼睛少妇也在，还有另三个学员，我只知道其中一个叫大朋，社科院艺研所研究世界版画的，还有一个好像是唱昆曲的。现在，关于大眼睛少妇，我已经知道她的名字了，叫江洋，或江羊、姜洋、姜羊什么的。至于具体做什么工作，还是不甚了了，不过，通过几天的同窗学习，大家也都熟悉了，相互打过招呼之后，就聊起了课程安排、老师趣事等，说说笑笑很热闹，说着说着就又绕到了自己身上，布丁纯朴地问大眼睛少妇，江洋？是哪两个字啊？挺文学的啊。江洋愣一下，异常惊讶地说你不知道我？布丁的错误就在这一刻犯下了，她含糊其辞语焉不详。江洋又进一步问，你真不知道我是干什么的？布丁这回坚决地摇摇头。江洋很失望地张圆了性感的红唇，眼里流露出不可理喻的光芒。大朋及时圆场说，她是电视台快乐集中营的著名主持人啊。大朋说着，望向我。说真话，我是从来不看电视的，除了 NBA 和意甲英超。我躲开了大朋的目光。大朋又求助似的望着许老。许老不愧是许老，虽然他只有三十多岁，但人家毕竟十多年前就是许老了，他笑笑，说，你名气很大啊，大明星啊。但是，人家江洋并不傻，看出来许老也是敷衍，她夸张地叹息一声，说，你们真是……连我都不知道，连快乐集中营都不知道……太失败了。然后，便冷下脸来，调过去屁股，和陆续进来的同学说话了。我不知道她说的太失败，是说快乐集中营太失败，还是说她自己太失败，还是说我们太失败。从她此后的神情看，应该指的是后者。

但是，这有什么办法呢，我们真的不知道她是谁，尽管她是大明星。

签名本

　　写了多年文章的老工自费出了本小说集，集子里收了他十多年来创作的大部分小说。这些作品，在别人看来可能不过是普通之作，但对于老工来说，可是精心构架的成果啊。面对飘散出油墨芳香的新书，老工既欣喜又欣慰。

　　老工不老，不到四十岁，可他在十多年前就是老工了——朋友们喜欢这样叫他。他一直以来，都是本市小有名气的青年作家，老，不过是从他面相上说的，也和他的沉稳有关。自从老工出了这本小说集，创作欲望更高了，创作状态也极佳，一个月之内居然写了五篇小小说和一个短篇小说。

　　本市名望很高的作家小杜是市作协副主席，创作多年，成果颇丰。小杜虽为"小"杜，其实不小，在奔六的途上已经走了七八年。别看他年龄挺大，看上去却实是小杜的样子，这和老工形成了鲜明的对比。不过小杜的热心和乐于扶持青年作者却是路人皆知的。小杜干了多年的作协副主席，又是某报的副刊编辑，在老工出了本小说集后，自然是要表示一下关心和鼓励的。于是，在他积极鼓动下，由老工出两桌饭，小杜找一间像点样子的会议室，并由市作协牵头，召开了老工的创作研讨会。研讨会上，老工送给参会人员每人一本签名本。

　　研讨会开得很成功。小杜在最后总结时也勉励老工说，可以再接再厉，争取下一部作品更为出色。并拿起老工的小说集，对与会者说，你们要好好珍藏老工的签名本啊，他可是有大作家潜质的，要不了多久，他就会在全国产生影响了。

　　老工知道小杜主席不过是调侃而已，回家后，继续上班下班，业余时间读读书，有了构思就写一篇。这样过去了半年，老工的一些作品便散见于一些报刊，其中一个小小说和一个短篇分别被品位很高人缘挺好的《百花园》和《雨花》发表。

接连的发表作品，老工的心情很好，更加的勤于构思奋发写作了。

这天，老工猫在斗室给一篇小说收了尾，自觉轻松了不少，便拎着篮子去菜市买菜，回来时途经一条小巷，看到路边有卖旧书的小摊，有不少旧杂志，他淘到的一本《微型小说选刊》上，居然有他一篇作品，真是喜出望外啊。再翻翻，更让他喜出望外的是，发现了自己半年前出版的那本小说集。旧书摊上的书可都是好书啊，巴金的，老舍的，沈丛文的，汪曾祺的，都是名头很响的名家，自己的一本习作，能跟这些大师的书混在一起，他能不高兴？老工花了三块钱——是定价的五分之一，买下了书，他打开一看，是签名本，再一看，是他半年前送给市作协副主席小杜的那本。这可是意外之中的意外啊。老工盯着自己熟悉的签名看了好一会儿。

"五一"过后的某一天，老工到天津参加完一个笔会回来，刚洗了澡，本市作协副主席小杜就登门造访了。寒暄一番，小杜说，老工你如今不得了啦，成了国内著名的小小说作家啦。老工笑笑，说，还不是这些年得到你的鼓励和支持啊。小杜说哪里哪里，还是你自己勤奋好学啊，这不，我刚办了退休，在家也没什么事，主要是读读书，写写文章，今天来你这里，一是跟你取取经，学学小说怎么写，二呢，跟你讨一本小说集——就是你自己的那本……你也该送一本给我啊，要签上名的。老工含糊其辞地啊啊着，想起他在旧书摊上买到的那本书，就进了书房。

老工从书房出来时，郑重其事地把书给了小杜。

小杜一脸的笑，打开扉页，小杜的笑就停在了脸上。但小杜接着又笑得灿烂了。小杜说，老工，你该签今天的日期啊。

老工说，一样一样。

老工很客气地把小杜送下了楼，又送到了大门口，老工说，你走好，杜主席。

偷　菜

住在一单元201房的潼慧刚打了个瞌睡，就醒了。她种在开心网里的菜是午夜十二点熟，不按时收菜就会被别人偷了去。她看看手机上的时间，十一点三十五分，算了，不睡了，她今夜要收的是人参，值大钱的，别睡过了头。现在起来吧，到好友家去看看，偷他们的菜。

丈夫大猫睡跟懒猫一样，她看一眼，悄悄地滑下床，溜到书房，打开电脑，挨个好友家里窜，偷点青草、西瓜、兔子什么的，心情无比的快乐，当她到真水无香家的菜地时，她家的熊猫还有三分钟就可以偷了，潼慧突然紧张起来，心里嘣嘣地跳，如此珍贵的动物，估计有好多人都在等着偷啊，她要守着菜地不走，一定要在第一时间偷到大熊猫，这可是最值钱的宝贝啊。

啊，偷到了！潼慧兴奋地大叫一声，仿佛真的中了头彩。她意犹未尽地查一下，居然有七个人等着偷，七个人啊，居然让她抢了先，潼慧再次"啊"的尖叫一声，偷到了！

隔壁卧室里传来丈夫的喝问声，有毛病啊，半夜三更的，给不给人睡觉啦？

潼慧对着电脑伸下舌头。

潼慧继续在电脑上偷菜，偷了一圈后，赶快到自家菜地看看。她家一大片人参还有两分钟就可以收了。潼慧比先前更加紧张。根据经验，凡值钱的东西一旦临近成熟时，等候偷菜的好友至少有好几个，甚至十几二十几也是有可能的。潼慧心想，可不能让别人抢了先，自己耕地、播种、浇水、除草，个把星期了，好不容易盼来了收获，如果叫别人偷去了，她会哭天喊地的。潼慧从一分钟开始倒计时，在数到五秒的时候，她就开始点击鼠标了。哇，谢天谢地，让她收到了，潼慧再次尖叫一声，比先前两次尖叫更加情不自禁，也更加响亮。

搞什么鬼啊！隔壁丈夫这回不光是喝问一声，他还蹦下来跑到书房，怎么回事啊？

潼慧不好意思地转头说，对不啦老公，人家偷菜的嘛。

你脑子进水啦，半夜三更的，不知道我明天要起早赶稿子啊。丈夫恶声恶语地说，偷什么菜！偷菜偷菜，你多大啦？还玩这些低级趣味的游戏，有意思吗？

潼慧知道先生在单位干秘书，经常帮领导写讲话稿，闹了个神经衰弱，睡眠一直困难。但是，潼慧也是满心委屈的，觉得丈夫一点情趣都没有，现在全国人民都偷菜，你又不是出土文物，装什么纯洁啊。潼慧不想让丈夫不开心，便半娇半慎地说，尖叫一声怎么啦？你不就是喜欢我尖叫吗……

得得得，不许再扰民啦，再闹，我可把你撵出去啦。丈夫狠狠瞪她一眼，又回去睡了。

但是潼慧真是没记性啊，她在别人家的菜地里不知道又偷到什么值钱的东西了，变本加厉地狂叫一声。

这回丈夫可真是忍无可忍了，他跑到书房，二话没说，就把潼慧往门外推，走走走，要叫出去叫，我可受不了你了。

没容潼慧解释和讨饶，她就被关到了大门外。

潼慧只穿一身睡衣，没带钥匙也没带手机，她唯一的办法就是敲门。可任潼慧怎么敲怎么喊，他就是不开。潼慧软硬皆施，先是说，好老公，我错了，我再也不偷菜了，你快开开门啊。说了半天没见动静，潼慧生气了，她"砰砰"的拍门打门，大声斥责他。但是丈夫仿佛不在家一样，就是不开门。潼慧实在没办法了，又软下来，求丈夫开门，并保证，再也不在半夜三更偷菜了。

连潼慧都不知道自己在外面站了多久，没有半小时也有二十分钟。她进屋后，本想跟丈夫再发个小脾气的，但终究因为没有力气加上夜深人静，还是作罢了。

潼慧人是睡在床了，可心还在她的菜地里。

第二天，潼慧一觉睡到九点，醒来时，丈夫已经上班走了。潼慧简单洗漱一下，便出门，她要上街买菜，弄点好吃的，慰劳一下老公，也算是弥补自己的过失吧。

但是潼慧一出门，遇到麻烦了，家住一楼的吴大妈，坐在她自己开垦的、有两张双人床那么大的菜地边，恶眉恶眼地看着她，仿佛等待她多时似的。潼慧本想跟吴大妈打个招呼，看她情绪不对，便作了罢。

吴大妈"呸"一声在潼慧的脚后跟吐口唾沫，骂道，看起来人模狗样的，原来尽干些偷鸡摸狗的事，半夜里偷我老婆子的菜，算什么东西啊，能偷菜就能偷人，我一个老婆子，种几棵西红柿容易吗，种几棵茄子容易吗，你偷了去，吃了也不怕中毒啊！

潼慧听出来了，吴大妈小菜园里的菜被偷了，可听话听音，怎么怀疑她潼慧啦。潼慧脚下犹豫着，想回头解释一下，又听家住二楼的王妈从二楼窗子里探出头来帮腔道，吴妈你起劲地骂，偷菜人走不了多远，我半夜里也听到了，哼！

这王妈因为倒垃圾的事和潼慧吵过一架，说这话明显也是别有用心啊。潼慧心里着慌了，她解释还有用吗？

杨聋子的基本行状

我朋友杨聋子是画家。

我也是画画的，在我没跟杨聋子做朋友的时候，他就是画家了。而且，似乎很多人都知道他，时不时有人提起杨聋子，特别是在画画的时候，大家指指点点，说这一笔，要是杨聋子画，应该怎么着怎么着，这一块，要是杨聋子动笔，应该如何处理等等。这当然是二十多年前的事了。二十多年前，杨聋子只有四十出头岁，在麻纺厂设计室做一名工艺美术师，可能是收入很低的缘故吧，常常给一些报纸搞搞插图或画个刊头什么的，苦一包烟钱，或一顿早餐钱。

我第一次见到杨聋子，是和朋友合作画广告牌的时候。那天画的广告牌是大街上的护栏广告，在室外工作天气又冷，虽然说"钱头有火"，但哈手冻脚的，大家干得还是极其没劲。这时候，杨聋子到了。杨聋子骑一辆破自行车，一手扶把，一脚搭地，对我朋友说，大陈，苦钱也不带我啊？大陈转头看是杨聋子，仿佛见到救星似的说，怎么不带你？不是找不着你吗？快点下车，动手啊。

就这样，有了杨聋子的加盟，三块广告牌，到天似黑未黑的时候终于完成了。那天是我第一次见识杨聋子干活的手艺，一是快，二是好，三是节约，我才知道，为什么大家常常提到他了。

收拾了工具，大陈就到公司去拿钱，让我和杨聋子在街边一家大排档点菜喝酒。我和杨聋子点了三个菜，一盘水煮虾婆，一盘水煮花生米，还有一盘红烧肥肠。杨聋子不时地伸出他那双拿画笔的手，到盘子里捏一个花生米扔到嘴里，问，大陈怎么还不来？拿没拿到钱啊？说着，伸着头往街口望，好像怕大陈独吞了钱似的。

大陈慌慌张张跳下自行车，杨聋子就迫不及待地问，钱拿到啦？

拿到了。

大陈坐下后，从屁股后边掏出钱来，当场分钱。一块牌子八十块钱，按说一人八十块正好。可杨聋子是在我们干到快中午时才来，应该少拿点。但这话我没说，我以为大陈会提出来的。大陈就是不提出来，杨聋子也应该主动提出来。有意思的是，大陈不但不提，杨聋子还跟大陈多要了五块。杨聋子说，我早上吃饭花了五块，应该多给我五块钱。大陈爽快地说行。

过后我问大陈，广告牌是你接的，请客也是你的，你怎么让杨聋子多拿钱啦？

大陈说，你不懂，杨聋子干活多漂亮啊。

这倒是。我想。

有一次，大陈把百货大楼临街一百多米长的橱窗装饰接下来了。晚上，我和大陈一起到杨聋子的宿舍，看到杨聋子正在画画。他屋里堆一盆火，火盆里是些乱七八糟的东西，能烧的不能烧的，全被他用作取暖的柴火了。我们到他屋里，他还在破口大骂。我以为他屋里还有别人，听了半天，他是在骂这该死的天气，说全世界没有比连云港再冷的天气了，而且单位还不发取暖费。骂了一阵，才听大陈跟他说干活的事。接下来，杨聋子扔了画笔，和我们一起研究如何干活，采用哪些技术等等。他只顾自己喝水，突然对我们说，他三天前调到群众艺术馆了，做专业画家了，正赶一张国画，准备去省里参加展览。我们恭维他几句之后准备离开，他走几步对大陈说，我们搞橱窗要不要用颜料？大陈说用啊。他说，我卖点给你，我今天刚从单位领来几盒水彩，也用不完。大陈说，你明天带来吧。杨聋子还是不放心地说，这可都是好颜料啊，十二块钱一盒子，我给两盒，二十块钱，够意思吧。

但是，第二天，我们在干活时，迟迟不见杨聋子。一直到小傍晌时，他才跑来。大陈还没问他干什么去了，他就主动说，晦气啊，那些狗东西真是有眼无珠啊，我就是在夜里翻墙头到群艺馆画室拿几盒颜料，看大门的就让联防队把我送到派出所了，难道就没认出来我是群艺馆新调来的画家？还非让馆长去接我不可，真郁闷，我也没客气，跟馆长说了，我本来连夜就赶出来参加省展的那幅画的，这下好了，事耽搁了。杨聋子说到最后，呵呵一笑，得意地说，也没上当，馆长请我吃了顿早餐，我操！

杨聋子说完，拿脚踢踢地上的一堆东西，从一个布包里拿出两盒颜料，往地上一丢，说，没耽误用吧。

大陈心照不宣地说，没耽误，二十块钱不少你的。

一年后，杨聋子就调到北京国家画院了。杨聋子的画确实好，特别是去年参加省展的那张，得了一等奖，又参加全国美展，得了金奖。杨聋子就是凭着这个金奖，调到北京的。

杨聋子在国家画院任展览部主任，我在他到任半年后去找过他。那时候，我也刚到北京进修中国画，心气很高，想在国画界一展身手。去找杨聋子，无非是向他请教请教，拉拉关系，套套近呼。杨聋子很热情地招待了我，在一家小饭馆请我吃一盘猪耳朵和一盘炒鸡蛋。只是在埋单的时候，杨聋子忘了带钱包了，由我付了账。杨聋子很抱歉地说，没吃好啊，下次我请你到前门去吃北京烤鸭。

烤鸭没吃成，杨聋子就死了，还是头部的毛病——杨聋子一只耳朵聋，就是脑子里肿瘤压迫造成的。

以上就是我对认识杨聋子的基本行状。在我们小城，杨聋子一直是个有争议的名人。但是，我却特别喜欢他。

乒坛高手

　　朋友打来电话，说，打乒乓球啊。我说，打啊。朋友说，是比赛。我说，比赛就比赛。

　　朋友来了，Ａ君。Ａ君还带来一个朋友，Ｂ君。二人一身短打，包里装着球拍，一副专业的样子。Ａ君说，这些年，还不知道你老兄是乒坛高手。我说，我可也不知道你呀。Ｂ君说，可不是，要不是Ａ君说要来找你打比赛，我还真是高手寂寞呢。如此，互相吹捧一番，Ａ君和Ｂ君迫不及待地热身。我是旁观者，一眼看清，这二位，都是业余当中的高手。

　　热身后，比赛开始。如我所料，二位水平难分伯仲。打满两局，胜负各半，而且比分也相当接近。第三局分胜负，Ａ赢了。

　　接下来，轮我上场了。

　　Ａ君胖，汗多，气喘。他说，Ｂ君，你先和他磋一把，等会我再上。

　　到这时，我知道，再隐瞒也没用了。我说，二位，中午我请你们吃饭。

　　Ａ君说，吃饭不慌，先磋几把。

　　我只好说，我不会打啊。

　　Ｂ君说，别逗了，你能不会打球。

　　真的不会。我说，眼睛里大约流露出极多的诚恳。

　　少废话，Ａ君说，早就知道你是高手，走起来。

　　我说，好吧，看来，不当众献丑，你们是不会相信了。我从后腰的皮带上拔出球拍。

　　Ａ君惊呼一声，还是横拍。

我挥拍上阵，有些张牙舞爪。

练几球。B君吆喝一声，底气有些不足，可打过来的球我还没反应就从我腋下钻过去了。我捡起球，一拍子扇过去。

A君B君看着球从屋顶上弹下来，大笑。

他们以专业的眼光从我的击球中看出我真的不会打球。

但是，此后，在文艺界，我却是人们公认的乒乓球几位高手之一。高手里自然有A君和B君。最初宣扬我名气的也是二位先生。那是一次多人聚餐。席间，有人夸我诗歌又有精进。尔后，A君说，陈先生不光诗好，乒乓球也棒！一旁B君马上佐证，不错，这家伙，打起球来属于现代派的，或者叫新感觉派，在文艺界，怕是没有敌手啊。AB二君是乒乓水平早就名声在外，既然这两个家伙不遗余力地夸我，我自然也就是名正言顺的高手了。

只是，再有携拍来挑战者，都被我一口回绝。

大 师

朋友们都说我是个话痨。可话虽多，却并不幽默，平时虽然呱呱叽叽喜欢说说笑笑，基本上都是些平常的大白话，没有什么值得记录的。不过有几句话，朋友们都牢牢记住了，并在坊间流传，比如，鄙视我的人那么多，你算老几？比如，我不但手气好，脚气也不错！再比如，你说什么？你喜欢我？其实，我一开始……跟你说实话吧，我也挺喜欢我自己的。更经典的是这一句，世界是我们的，也是儿子们的，但最终，是那帮孙子们的。

我朋友老夜，在报社当副刊记者，他平时倒是个挺幽默的人，经常讲一些好玩的段子，比如他讲两个记者，一个是晚报的，一个是日报的，到农村采访一老农民，老农民先问那个漂亮的女记者，你是哪儿的？女记者不想说是晚报的，因为一般的老百姓，都觉得晚报比日报矮一截，因此女记者含糊其辞地说，报社的。老农民又问男记者，小伙子，你哪里的？小伙子习惯了优越感，随口说，日报社的。老农民忍不住扑哧一笑，说，你们城里人真会啰唆，干脆说是两口子不就得了嘛。

可见老夜的幽默细胞是何等的强大啊。但只要我在场，他一般都不讲话，因为他的幽默，有时候并没有我偶尔的大白话更有趣味。

不过，老夜讲话没有趣味，并不能说他本人没有趣味。他的趣味，体现在不同场合的大师级风采上，这是谁都否认不了的。有几个关于老夜的段子佐证如下：

段子之一

老夜不光是晚报的副刊记者，他还是作家，写小说，也写散文，还是市作协理事。不过他的作家头衔实在有些名不副实，说是沽名钓誉也不为过，因为他除了在本市的杂志上靠几顿吃请发表一两篇所谓的小说之外，另外发表的散文和所得的奖项，基本上都是在他自己编辑的版面上了。好在，老夜自己还算有自知之明，他在有影响的作家面前，从不谈自己是作家，连记者都不说，而是拿出能镇得住对方的东西来摆摆谱。一次，他和著名作家老杜在某宴会上相遇，同席都是文艺界的虾兵蟹将，老夜见大伙都围着老杜转，有些受了冷落，不屑一顾地说，我今天怎么跟你们这些酸文人鬼混到一起啦，真没劲，我约好要去打乒乓球的，拍子都带来了。又得意地说，你们不知道吧，谁他妈现在吃饱了撑的还写作啊，写那些狗屁垃圾，谁看啊，是不是老杜？我早就不玩那个了，我玩乒乓球了，哈哈，我还得过全国第三名啊。见没人相信他的话，只好自嘲地说，不过，是旅游城市乒乓球比赛第三名，哈哈，我还是报社团体赛的三号主力啊。

果然，他的话一结束，许多人都对他刮目相看了。

段子之二

某天，几个人在某俱乐部打乒乓球。一会儿，老夜来了。老夜热了几下身，跃跃欲试的。他看几个家伙都是高手，平时和他们对阵，都是输多赢少，决定挑一个软柿子捏。他观察一番后，认定那个小个子不是他的对手，就挥拍上了阵。可几个回合下来，感觉对方技艺不但超群，对乒乓球的理解更是独到。老夜自知不是对手，又不好意思下来，猛冲猛打几板之后，输了，而且输得很难看。他一边擦汗，一边跟几个熟人说，操，我是作家，天天写小说，哪像你们，四肢发达，头脑简单，我要像你们天天泡在这里，保证杀得你们片甲不留！

段子之三

老夜去了一趟西藏。临去之前，买一部数码相机，临时抱佛脚请人教了几招。到了西藏之后，也确实拍了不少西藏的风光照片。特别有一张，是拍生长在岩石缝里的一棵小草。老夜颇为得意，觉得是一张稀世佳作，一回来，就在许多人面前展示。他把相机拿出来，对人说，来，看看，看看，给你们看看什么叫艺术，什么叫光与影。特别是在那些写作的人面前，更是人来疯，在强迫别人欣赏了他的艺术照片之后，自我吹嘘地说，怎么样？谁敢跟我玩艺术，我玩死他。但是，有一回，他撞到了一个真正摄影家手上，摄影家实在看不下去他的无知和张狂，用专业的术语对他的摄影作品进行了切中要害的评价。老夜这才有些不好意思，但他很快就找到了平衡点，收起相机，说，你们只会拍照，可我还是作家，我给我的艺术摄影配上散文诗，作品格调就不一般了，哈哈，这可是我的优势。摄影家也不是吃素的，调侃老夜道，对，你是作家当着摄影最好的，是摄影家当中文章最好的……之一。这句话让老夜真不服气了，什么之一，就是最好的。

段子之四

我们这些写写画画的人，在一起混吃混喝是常有的事，不免会和餐馆打打交道，闹些小误会小冲突什么的也不奇怪。每当这时候，出面的，都是老夜。

有一次，我们一桌十几个人在一家餐厅喝酒，席间上来一道菜，有个美女从菜里吃出一根钢丝来，一看就是刷锅时弄进去的。老夜见了，立即跟服务员说，去，叫你们老板来。服务员再三道歉，老夜就是坚持要老板出面，并很有优越感地说，我是报社的记者，让你们老板来说清楚，否则，我一曝光，你们饭店就死定了。服务员毕竟没见过世面，赶快跑去喊来了老板。老板发了一圈烟之后，承诺再送一道菜来。老夜亮出了记者证，说，不行，送一道菜算什么，我们身心受到严重伤害，食欲大减，关键是，吃菜吃一根钢丝，给这位美女的心理造成阴影，让她以后再也不敢到饭店吃饭了，这损失谁来负责？老板只想大事化小，小事化了，他摸透这班穷酸文人的本性，好人做到底地说，好好好，这样，今天这顿饭，我请了。老夜心里接受了老板的慷慨，嘴上还是不依不饶说了一通，还警告说，这次就不曝光了。

这件事情，老夜更是吹嘘了好多次。直到有一天，听人家说，得罪了饭店老板可不是什么好事，他让大厨子烧菜时，吐口痰在锅里，你也得吃，就是弄点地沟油烧菜，你也不知道。老夜说，他能那样做？职业道德也太差了。对方看着老夜，半晌，才问，职业道德？老夜仿佛感觉到什么，立马说，走，打球去。

老夜就是这样的大师，在什么人面前，都有优越感，能做到这点，真是殊为不易啊。

 # 煎饼果子

　　年轻的王随必刚刚由市府办秘书的位子上提升为某局局长，在最初的兴奋之后，接下来就有些犯愁了。当然，这愁也是幸福的愁。愁什么呢？说起来，和他以前的职业有关。

　　众所周知，王随必是市里有名的笔杆子，负责给主要领导写讲话稿。这讲话稿子和一般的总结性材料或报告性材料不一样，要符合领导的口味，又要把该讲的都讲全了。王随必每每干这个活时，都要掉一层皮，瘦二斤肉，一来，领导的口气越来越大，要面面俱到，事无巨细，二来讲话的度要把握准确，不能说大，也不能说小。这两者说起来容易，做起来难啊，常常是熬更打点写出来的稿子，被领导推翻重来。

　　王随必为此而十分苦恼，心里多次暗暗发誓，有朝一日要是做了领导，首先改革的，就是开会不能讲长话，更不能让下边的秘书写稿子，最多写个提纲，自己只拿着提纲，挑重点的说，因为他知道，事情主要靠干，而不是靠说。为此他在偶尔清闲的时候，也做过功课，学习知识，给自己充电，久而久之，他知道简约的美妙。

　　比如他从唐诗中，就悟出了一套。就拿"鸡鸣茅店月，人迹板桥霜"这句来说吧，就远比"清明时节雨纷纷，路上行人欲断魂"要高明得多。鸡鸣，说明是在夜间，茅店，指村野小店，月，有月光的夜晚；人迹，人的脚印子，板桥，木板的小桥，霜，指节令。此联含意深远，意境无穷，让人产生丰富的想象。再来读读另一联，清明时节，只说明节令，雨纷纷，更不用解读，一看便知；路上行人，太白话，欲断魂，也缺少想象。从字面上讲，鸡鸣，茅店，月，至少有三个层次，而清明时节，雨，只有两个层次，纷纷是修饰字，可以忽略不计。可见，后者七个字，

不及前者五个字。所以说，字数多的领导讲话，或总结报告，并不一定要那么多字数，是完全可以精简的。

更让王随必有所感触是，在单位门口斜对面的小巷口里，有一个卖早点的小摊，小摊边上有一个写着广告词的牌子，上面歪歪斜斜地写着"赣榆杂粮煎饼果子"八个红字，王随必被这八个字惊呆了，他第一个念头就是，如果评选本市最成功的广告词，这个内容可入选第一名，因为朴素的几个字，表现的内容既准确又丰富，赣榆，是苏北连云港的一个县，紧靠山东，那里的特产就是煎饼；杂粮，是指很多的小粮，如豇豆、豌豆、红小豆、绿豆、小扁豆、大麦、黑米、小米、高粱，这些都是杂粮；果子，赣榆方言，油条的别称。说果子，不说油条，说明卖早点的主人是地道的赣榆人。在如今提倡绿色食品、保健用餐的大时代背景下，一个外地小摊出示这样的招牌，真比那些花里胡哨的广告词好多了。

花开两朵，各表一枝，再说单位办公室主任也是单位大秘书出身，知道新来的王局长是写大材料的大行家，他指示秘书小吴，写材料时，一定要多用些心，别让王局长不满意。小吴正好也想在新局长面前表现表现，显示一下自己的文字才能。正巧单位要开县区局长通气会，王局长要在会上作重要讲话，主任老早就安排小吴准备了。到临开会的前一天，主任来到局长室，把会议程序给王随必看，请他审定。王随必瞄几眼，说，我看县区局长的表态发言就取消了吧，会议也由一天改为半天。主任说可以，马上重新安排。主任又取巧地说，王局长，明天你的讲话，吴秘书已经给你起个稿子了，你要不要看看？王随必想想，说，拿来看看吧。其实，王随必自己已经草拟了讲话提纲。

王随必看小吴起草、主任亲自修改的讲话稿时，越看越来气，空话套话太多了，满纸都是大道理。王随必忍不住打电话，让主任和小吴到他办公室来一趟。

王随必不客气地对主任小吴指出了稿子存在的问题，要他们把两万五千字的讲话稿，缩短成四千字。主任和小吴都表现了为难的情绪。王随必只好开导他们说，你们要学学人家卖早点的经验，文字越精炼越好。王随必走到窗前，指着马路对面小巷子说，这里有一家卖早点的小摊，那个广告词太棒了，你们去学学。

主任和小吴对新局长的指示不敢不听，只好去看看。

主任和小吴在"赣榆杂粮煎饼果子"前琢磨良久，也没有看出这几个字的妙处来。

还是主任见多识广，他思来想去，恍然大悟地说，知道了。

主任拉着小吴走到一边，说，这个卖早点的，一定是王局长家的什么亲戚，王局长老家是哪里的？不就是赣榆嘛，没错，王局长是让我们照顾照顾他家的亲戚，啧，王局长不愧是市府下来的领导，水平就是高，他不直接说，而是采取这种办法，艺术啊。

破烂王与收藏家

老周在护城河边的小树林里收了十多年破烂。老周的破烂摊特别大，在树林里堆成了一座座小山，号称城市西半部的破烂王，那些走街串巷挨门挨户收破烂的小贩和街边垃圾箱里捡破烂的"拾荒族"，都喜欢把破烂卖给老周。老周脾气好，人缘好，出的价钱比别的破烂王高几厘，甚至半分。所以他的生意一直不错，三天两头出一车货。

常来和老周聊天下棋帮老周干点零活的是河边闸桥上退休的老钱。老钱六十来岁，休龄却有十多年。老钱当年是"病退"，为的是让女儿顶班。病退后的老周身体很好，待在家里无聊，就走百十步来和老周瞎侃神吹，帮老周整理收购来的那些报纸杂志和烂纸头、破书本。老周就很高兴，忙完了，递根烟给老钱，说老钱你歇歇，我上趟茅房来跟你杀一盘。

老钱就点上烟，把棋摆好。

常来小树林打牌散步的都知道收破烂的老周和看大闸的老钱是棋友，是十多年的老朋友，从没红过脸犟过嘴。

老钱更觉得自己活得比别人开心。除了下棋、整理破烂、干点杂活之外，老钱爱把从破烂里搂搂出来的一些过时票证、藏书签、旧信封和偶尔的一两本有用的旧书收藏起来，带回闸桥的阁楼上去。老周也不说什么，有时还帮老钱挑选一些。比如那张1946年新海电厂食堂二两的饭票，1938年一张东山游击队的大米收条，1922年5月5日的一张《晨报副刊》、1931年上海开明书店出版的丰子恺《缘缘堂随笔》等等，就是老周在破烂里翻捡出来送给老钱的。

老钱收集这些"破烂"，不知怎么让市里的一个什么协会知道了，登上老钱的阁楼参观好几次，在称赞一番之后，聘请老钱为该协会顾问，还送了一本大红聘书。又过几天，来了报社和电视台的记者，要采访老钱。老钱这才认真起来，也害怕起来，躲到老周家不出门。

这事闹到了社会上，传说沸沸扬扬，说老钱这下发了，家里那么多古董古玩，全是无价之宝。有的说，这老钱早就诡计多端，明里是帮老周干点杂活，暗地里是算计老周。

老周和老钱听不到这些议论，仍旧一如既往。

一天，老周问老钱，你那些破烂，能有多少用处？

老钱沉吟了片刻说，不大懂，反正有用，说不定很值钱。

老周说，早知道是好东西，我能帮你寻找不少哩，可惜，都卖了。

老钱说，算了，以后不劳这神了——其实我一点也不喜欢，只是觉得好玩。

说这话的第二天，市里博物馆来了四个人，参观完老钱的收藏，说要拿钱收购一批。老钱说什么也不同意。博物馆看收购不成，又提出让老钱在国庆前搞一次展览，地点就放在博物馆展览大厅。这回老钱勉强同意了。

电视台作了预告，钱如常个人收藏展览 9 月 20 日在本市博物馆举行。

可是，9 月 20 日之前贴满大街各个广告栏的海报却变成了"周同仁钱如常二人收藏展览 9 月 20 日至 10 月 5 日在本市博物馆举行"。这是根据老钱的意思改的。

展览会在本市引起了轰动，老周和老钱也名声大噪。可是，这之后，老钱再也没去帮老周的忙了。破烂摊忙活的就老周一个人。老钱呢，一个人躲在闸桥上的阁楼里，整理那些破烂东西，拿起来看看，玩玩，很满足的样子。

老周看老钱长时间不来，就去看看，也多次请他来破烂摊玩玩，老钱就是不下楼。后来就是老周常来老钱的阁楼了。老周不是空手来的，他手里抓着一些过时的纸品，如旧杂志、旧信封、发黄的明信片等。

阁楼里，常传出两位老人的笑声，还有"将"、"吃"、"你死了"等下棋术语。

孩子的睡房

就要搬进这套新买的大房子了。

莫慧站在新房子的客厅里，特别兴奋——这可是她和阿年婚姻的一部分啊。

阿年和莫慧都是再婚，各人带一个孩子，阿年的儿子小虎八岁了，读二年级。而莫慧的女儿洋洋才四岁，上幼儿园小班。是莫慧动员阿年把他家里一室一厅的老房子卖掉，她又添五十万作为首付，买下三环内这套一百三十六方平米的大房子的。这真是一套华贵的房子，三房两厅一厨两卫，又是学区房，可以让两个孩子一人住一间。

但是，问题随之出现了。朝阳的房子只有两间，另一间小房子背阴，怎么分配呢？那间带阳台的大房子是他们夫妻俩的，那么莫慧的女儿和阿年的儿子，必定有一人要住那一小间背阴的小房子。作为有过一次不幸婚姻的莫慧，最心疼的就是女儿，她在哺乳期时没有母乳，女儿对奶粉又过敏，经常呕吐。养活女儿真让她蜕了一层皮。女儿从呱呱坠地到现在，一直营养不良，身体十分瘦弱，又内向又腼腆，要是睡在背阴的小房子里，对女儿的发育肯定不好，甚至还会增添新的病症。按照她的私心和实际情况，女儿也应该睡这间朝阳的大房子里，一来，让女儿晒晒太阳补补钙，二来女儿的身心发育也会阳光一些，开朗一些。可这样一来，阿年的儿子小虎怎么办？小虎长得虎头虎脑，身体结实，平时连小感冒都没有，住在小房间里没什么问题，何况小虎又上学了，经常参加户外活动，晒不晒太阳也无所谓。就是想晒太阳了，小家伙活泼外向，可以自己跑到阳台上吹吹风，也可以跑到小区的草坪上玩耍。可这样一来，阿年会不会觉得她偏心眼呢？他一定会这样想的。阿年是老实人，也许表面上不说什么，心里说不定会很不好受。谁不心疼自己孩子呢？她平时虽然也把小虎当着自己的亲生儿子，可一到涉及切身利益的时候，不是首先想到女儿吗？唉，不管怎么说，还是先跟阿年商量商量吧。

阿年果然和莫慧想象的一样，表面上没有计较什么，还说洋洋身体瘦弱，又小，大房子里有阳光，对孩子好。莫慧从心里感激阿年，她搂着老公的脖子，说，你不会说我偏心眼欺负咱们小虎吧？阿年说，反正有一间房子是背阴的，小虎都成大小伙子了，多结实啊，不怕的。莫慧也说是啊，背阴的那间要是大一点，我们就可以搬进去住了，我量过了，小房间放一张大床，连伸脚的地方都没有了，别说衣柜和床头柜了，唉，只好委屈小虎了。

三天后，一切都安排妥当了。到了周末，小虎的奶奶要来新房子看看。莫慧从一大早就忙开了，买了好多时令蔬菜和一条二斤重的白鱼，准备和婆婆一起好好庆贺一下乔迁之喜。

近午时，迎来喜笑颜开的婆婆。婆婆还给小虎和洋洋每人带来了玩具。小虎和洋洋也开心地缠住老人不放。但是，当婆婆在几个房间转一圈之后，脸立即冷了下来，坐到客厅的沙发上什么也不说，脸色越发的铁青了。莫慧知道婆婆心里想什么。她准备在吃饭时，好好跟婆婆解释解释，估计婆婆也会理解的。

但是，没有机会让她解释了。婆婆进屋不到十分钟，就要走了。莫慧要拦她。婆婆连看都不看一眼莫慧，只是冷冷而坚决地说，我要回家休息，我忘了服降压片了。

两个小家伙也不让老人走。但老人还是执意走了。

莫慧心里十分悲凉，说不上来的痛苦和歉疚。她也理解老人的心。可她实在没有两全其美的办法啊。莫慧心事重重地走到女儿的房间，看到小虎和洋洋正趴在一尘不染的地板上，头挨着头在玩玩具。大片的阳光洒在屋里，温暖而诗意……莫慧的嘴角有了一丝淡淡的笑容，眼睛里却涌出清凉的泪滴。

谁有病

完全是一个意外，我被查出了病，而且还是心血管方面的，潜伏很深，也很严重，如果不抓紧治疗，在发生病变时，后果不堪设想。不堪设想是什么？就是有生命危险呗，至少是存在这方面的可能。

其实我被查出这个病也是自找的。我不过是进行每年例行的身体检查罢了。都怪我多嘴，我说我这些年检查，每次都是绿灯，什么病都没有。医生肯定地说，不可能吧？我想想，说，对了，其实我心跳可能有问题……

于是，我的病就被查出来了。

这几天我的心情和这倒霉的初夏天气一样，一直处在不断变化中，忽而阴，忽而晴，忽而晴转多云，忽而多云转晴，总之没有一时平静过，都是这该死的病。

给我看病的是一个中年医生，姓邓。邓医生据说在心血管方面是个权威，经常到医学院去讲学，更是三天两头被友邻医院请去做手术。我对邓医生的诊断当然不会怀疑了。但是，人到危难的时候，总会多一些想法的。为了进一步确诊，我又托一个朋友，找到医院的另一个权威——郝博士。郝博士相比较邓医生来说，更为年轻，她还不到四十岁，医学理论在全国赫赫有名，发表心血管方面的论文多达十余篇。我听我朋友介绍说，郝医生是个尽力尽职的好医生，口碑和医术一样，得到医院和病人一致的好评。我相信朋友的话，而且，看起来，郝医生还是个难得一见的美女。

郝医生果然表现得非常专业和仔细，她在对我的病史做了详细的了解之后，又动用了各种先进的仪器，对我做了全面的检查，得出的结论和邓医生如出一辙，我的心脏存在巨大的隐患，如不采取手术，在发病时很可能出现危险。从郝医生涓涓如水淌的细语中我能听出来，所谓危险，就是小命难保啊。我自然是紧张了。但是，病得在我身上，我觉得，我的心跳时而快，时而慢，毕竟还在跳，还不至于出现停跳的现象。因为我的这个毛病，可以说从我记事以来，就有了。如果我不去做这个检查，没有人会说我有病的。我自己也一直没觉得有多么的严重，就是说，在我人生五十年的历程中，我的心脏一直在带病工作，或者换一种自我安慰的说法，我的心脏已经习惯这种病症了。

但是，这只是我的一厢情愿，医生坚决不同意我的观点。

给我看病的两位医生，几乎每天都要给我打电话，询问我什么时候做手术。

关于手术，我也做了了解，就是从耳朵旁边的一根血管里打一个洞，把一个装置从血管里透进去，一直伸到心脏里，用邓医生和郝医生的专业术语讲，就是给心脏装一根导管，把一个辅助心脏跳动的器械装在心脏里，这样就能保证在心脏突然发生偷停的时候，让我的心脏正常跳动。

听起来是不是有些危言耸听？

而且这种手术刚从国外引进时间不长，是不是很成熟还难讲。但是从两位医生的口气中，他们似乎很有把握。

邓医生又给我打电话了，他口气显然比前几次急，他甚至威胁我说，没见过你这样的患者啊，对自己这么不负责任，对生命这么不负责任，这个手术现在已经很成熟了，仅从技术上讲，可以说是小手术，价钱也不贵，也就四万来块钱吧，有什么好犹豫的呢？

刚结束和邓医生的通话，郝医生的电话又打来了。她虽然没有表现出和邓医生那样的急促，从话里也听出来，她也十分想给我做手术的。她循循善诱，苦口婆心，晓之以理，动之以情，劝我越早做越主动，否则，不知道会有什么样的结果。

我有些犯难了。一方面，我理解两位医生为什么争着要给我做手术，肯定是出于经济利益，说白了，他们会从我这里赚取一笔不菲的医疗提成吧？另一方面，是我私下里认为，两位医院的顶级高手，争先恐后地要给我做手术，或者是出于某种竞争——究竟谁是这方面的权威。

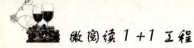

　　这种境遇，对患者来说，是祸是福，我不得而知。之所以犯难，是我不知道该请给我做手术。

　　不过我倾向于郝医生，一方面她是女性，可能会更细心一些，另一方面，我是托朋友找到她的，她或许会更负责更认真。基于这样的想法，我于一个阳光灿烂的上午，来到郝医生设在病房的办公室。郝医生不在，可能没走远吧，我也没有去向走廊上那些来来往往的护士和病人打听，因这她今天不到专家门诊去值班，就算是去病房查房，应该一会儿就回来的。

　　我在她办公桌对面的椅子上坐下了。

　　郝医生的桌子上放着一叠稿子，我随意地瞄一眼，看到那一行黑体标题字和下面的副题，知道这是一篇论文，而且，论及的就是我患的这种病。我拿过论文——其实只是一种好奇心——读下去，在读到郝医生列举的病例时，我心跳突然加快了，因为她举的这个病例和我极其相似，再往下看，我的名字非常醒目地出现了——她写的就是我——我还是愣住了，因为我的手术还没有做啊？我怎么就成了她的病例了呢？而且还是她施行这种手术的第一个病人。我一下子悟出了她为什么非常想给我做手术的原因了。

　　我的电话又响了。是邓医生的。邓医生不会也是因为论文才需要我这个病人吧？我有些害怕起来⋯⋯

# 噪音致死

这是一家规模不小的 KTV，大约有几十个包间吧，晚上七点一到，各个包房的音响便依次响起来。而且每个包房轰鸣的声音不一样，有的如咆哮的滔滔洪水，有的如头顶的滚滚惊雷，有的如深夜鼾声，更有的像婴儿的啼哭，而那些 K 歌的各色男女，唱出的不同的歌声，更是千奇百怪，或声嘶力竭，或雷霆万钧，或嘹亮抒情，或跑偏跑调，好听的，不好听的，混杂在一起，合成一股怪味十足的河浪。

艾洋洋就生活在这样的声音环境中。

艾洋洋住在二楼——这是她当初精心挑选的楼盘啊，位置好，临街，又是学区房，但没想到临街的门面房，原来说好是要搞超市的，居然搞成了一个大歌厅。她本来就有间歇性失眠症，这回被彻底激发出来了，由间歇性变成了长期性，那些迟至深夜两三点的音响，像手术刀一样一点点地切割她的心脏——让她无法入睡、无法安宁——即便是凌晨三点以后，音响消失，那袅袅不绝的仿佛下水道浊流的各种声响依然在他脑海里轰鸣不息。可以说，这种强大的噪音已经渗透进她的骨髓和神经，渗透进她的血液和意识，每时每刻她都是在这样的折磨中苟延残喘。

被音响折磨得又是一夜未眠的艾洋洋，送完女儿上学之后，在小区门口碰到了胡大妈。胡大妈正是她想见的人。她一见到胡大妈，鼻子一酸，眼泪差点流了出来。胡大妈看到她也是心疼地说，哎呀洋洋，又一夜没睡吧？瞧你眼圈，都黑了——快了洋洋，我又找过老朱了，他虽然退休两三年，但他做局长那阵的老关系还有几个，对我的话……嘻嘻，我年轻时也是一枝花的……老朱不会不给我面子的，过两天，环保局要给个说法，老朱也表态了，这个歌厅非取消不可。

胡大妈的话已经说过多次了。到后来，仿佛她只是为了炫耀她和老朱当年的个人私情似的。但，对于艾洋洋来说，有解决问题的希望，总比没有希望好啊。

艾洋洋在楼下又遇到老卫。老卫叫卫什么她也不知道。老卫和她一样，也是个被 K 歌房折磨得不能入眠的中年男人，只看看他的相貌就知道他是多么的痛苦了——两年时间啊，老卫的头发就掉得一根不剩了。老卫和艾洋洋的共同语言更多，他是发过誓要把 K 歌房告倒的。他在不久找到昔日的同窗好友，通过政协提案的形式把 K 歌房扰民的报告一直上书到市领导那里。所以老卫虽然满脸憔悴，还是充满希望地对艾洋洋说，快了，问题就要解决了，他们是兔子的尾巴，长不了了。

艾洋洋的心里真是充满了久违的欣慰。

艾洋洋在楼梯上遇到了小飞。小飞是个有血性的青年人，三十岁不到，开白班出租车的。可怜本应该在夜晚得到很好休息的小飞，这两年来就没有睡过一天安稳觉——他多次通过交通电台把 K 歌房给告了。交通台的美女主持人更是觉得 K 歌房扰民不符合常理，这次她不再仅仅只是呼吁取缔 K 歌房了，而是直接到公安部门进行了采访，以期得到圆满的解决。小飞见到一脸倦容的艾洋洋，满怀兴心地说，艾姐，这回真的要解决了，你就等着睡个安稳觉吧。

艾洋洋真是感谢这些邻居啊。但她只想现在回去睡四十分钟的回笼觉。

艾洋洋在自家门口碰到住在三楼的大庞。大庞跟物业和开发商有些关系，她已经多次和开发商交涉过了，得到的都是含糊其辞的答复。但大庞有充分的理由要求开发商协助解决 K 歌房的扰民问题，因为他们当初售房时，明确说明，现在开 K 歌房的地方，是一家大超市，不少居民就是冲着超市才买房的。现在超市就成了"噪市"，开发商是要给个说法的。大庞见到容颜枯槁、浑身瘫软的艾洋洋，深表同情地说，洋洋妹妹啊，你……我都不敢认你了……都是该死的 K 歌……开发商最迟明天，就要给个说法了。

艾洋洋点一下头，她连感激的话都说不动了。她急需那四十分钟的回笼觉。

八点半上班的艾洋洋还是迟到了一分钟。她的名字后边的方框里被画上了一个白色三角形。如果月底白三角形累计到三次，她一个月的奖金就泡汤了。但四十多分钟的觉还是让艾洋洋看起来像个职场的少妇，身上也有一些女人的气味。

第二天，艾洋洋在小区的大门口碰到胡大妈，胡大妈大骂老朱不是个东西，说别看他当过破局长，看起来人模狗样的，一肚子男盗女娼——居然吃了K歌房小姐的软饭，指望他帮忙真是瞎了我的眼！胡大妈说，洋洋你耐心点，大妈我还有办法……

艾洋洋在楼下遇到了老卫。老卫看到艾洋洋，唉声叹气地说，洋洋……我……不说了，提案连泡屎都算不上……市长批了个请有关部门协调解决。什么叫有关部门？我亲妈妈呀，这可是中国最牛的部门啊，等于什么部门都没有……

艾洋洋在楼梯上碰到小飞。小飞头上扎着绷带，脸上和脖子上还有未洗净的血迹。他朝艾洋洋看一眼，垂头丧气的样子。艾洋洋从小就怕血，她腿一软，差点没站住。艾洋洋扶着楼梯扶手，想问他怎么了。可艾洋洋连问话的力气都没有了。小飞声未出而泪先下，他号啕着说，你砸我车干什么啊……你把我打就打了，砸我车，这不是要了我的命吗……我拿什么去苦钱啊……我可是租的车啊……

艾洋洋掏出钥匙准备开门的时候，三楼的大庞下楼了。她见到艾洋洋就破口大骂。骂了半天艾洋洋才听懂，她是骂开发商的。从她的破口大骂中，艾洋洋听懂了，开发商和K歌房沆瀣一气，互相串通……给个说法就是没有说法。

艾洋洋在大庞的骂声中开门进屋了。但她一进家门，眼前一黑，心里一慌，伸手想抓门框，却是什么也没抓住，一个前扑，栽倒在地板上不省人事了……

捐　款

　　某年，在山东周村开民间读书年会，会议期间参观周村古街。一班民间藏书家和读书人装模作样地走进了充满明清风味的古街道上。

　　古街的起头有一魁星阁，是散落各地的周村籍名士捐款修建的，捐款者的名字刻在一块块石碑上，很有些招眼，看捐款人的来路，有不少还是学部委员、大学博导和部队将军。参加年会的读书人、藏书家，大都有舞文弄墨的嗜好，有的在当地还小有名气，对于魁星阁的来历和作用，自然也是知道一二的，大家便蜂拥而上，走马观花地看了一圈。

　　继续参观，走到周村烧饼展示厅前，来自山西的藏书家杨沁源是个高高大大的汉子，用30年前一度流行的"黑里透红"来形容他的脸非常的恰如其分，另外，杨先生还善谈，一路上他总是喋喋不休地给参观者介绍这介绍那，言谈中，仿佛他来过古街。

　　来自天津日报的罗先生觉得杨沁源是个有趣而好玩的人，便对我说，咱们逗逗杨先生。我说怎么逗？罗先生说，就说我们刚才在魁星阁看到有他捐款的碑刻，看他怎么应对。我答应配合。

　　罗先生追上杨先生，说，杨先生，刚才我们在魁星阁上看到有你捐款的碑刻了，你的名字刻得好大啊。

　　不会吧，我又不是周村人。杨先生一脸的疑惑。

　　什么叫不会啊，我们又没有看错。罗先生说，你虽然不是周村人，可也是名士啊，山东山西不分家嘛，而且来过周村——对吧？你来过周村。

　　周村我是来过，可我没有捐款啊。

　　我不会看错的，写的就是你杨沁源的名字，而且前边还标明是山西杨沁源。你们山西还有别的作家杨沁源吗？

没有，搞藏书写东西就我一个杨沁源。

那就对了嘛。

可我真的没捐过款。

你别不承认了，我知道，按照民俗，在那种场合捐款的，一般人都不承认，可明明就写着你的名字，又不是我一个人看到的，不信，问问老陈，老陈，你是不是也看到啦？

我说，看到了，山西杨沁源，碑刻，捐款一千元。

怎么样？罗先生说，要不是老陈也看到了，你还说我撒谎了。

怪啦。杨先生摸摸脑袋，陷入了沉思。

你再想想。罗先生说。

捐了多少钱？杨先生问——显然有些动摇了。

罗先生说，好像是一百，老陈，你看是多少？

一千，我说，山西杨沁源，一字后边三个零，不是一千吗？

真怪。杨沁源纳闷了。

罗先生碰我一下，示意我们先走。我们离开大部队，急步走了，走到前边的古董行，罗先生笑着说，老杨思考了，他心理上有负担了，因为他要是不承认，说明不是我们在撒谎，就是他自己在撒谎，可我们是两个人，互相作证，他是一个人……哈哈，等会再逗逗他，看他怎么说。

到电影《大染坊》的实景地参观时，罗先生又走到杨先生身边，问他想起来了没有。

我不记得了。杨沁源的口气明显和刚才不一样了，我以前来过周村的。

是啊，也许是捐过了，但是不记得了，是不是？罗先生进一步诱导他，你以前捐过款吗？在别的地方？

捐款我是常捐的，我到哪里，只要有捐款的，我都是主动捐……

那就对了，你那次来周村，碰巧人家修魁星阁在募捐，你就习惯性地捐了嘛。罗先生循循善诱地说，你可能没介意，可人家把你记下来了。

有可能……

不是有可能，事实就是这样，你再想想，别做好事留了名还不承认，你捐了就捐了，捐给魁星阁，是想做大文士，又不是什么坏事丢人的事，有什么好保密的，我们又不想夺你的份！

我一边佩服罗先生认真的诱导，一边观察杨先生的反应，我看到，杨先生的脸上，现出一丝尴尬的神色。

罗先生没有再纠缠下去，他恰到好处地远离了杨先生，是第一个走出《大染坊》的实景地。

我偷偷观察一下杨沁源，发现他有心事了。

待到参观结束，在周村文联的招待晚宴上，罗先生拉拉我，这样，我们又"碰巧"坐在了一桌。席间，罗先生旧话重提，再一次表扬杨先生做好事虽然不想留名，但名字还是留在了魁星阁的碑刻上。这次，杨沁源非常爽快地说，我想起来了，是有这么一回事，我那年来周村游玩，捐了这么一笔款子。

是啊，这有什么保密的，承认了，不就得了嘛。罗先生还是郑重其事地说。

是一百还是一千？有人问。

应该……是一千。杨先生两眼炯炯有神地看着我，肯定地说，在这种场合，一百怎么能拿得出手？是不是老陈？

是是，是啊，我说，确实是一千。

罗先生如释重负地说，终于还是想起来了，我知道杨先生是实在人，这就好了……来，杨先生，敬你一杯！

杨先生也很爽快地端起了酒杯。

 # 回家静养

吴小月养病期间，有两件事让她过意不去，一是，她对不起园长林美丽，人家是私立幼儿园法人，一下子跟她订了三年合同，这合同第一年，简单说只上半年多的班，自己就患病了，要休息静养三个月；二是，班上三十多名天真可爱的孩子，一张张花骨朵一样粉嫩的小脸蛋，刚刚适应了新环境，也适应她这个新老师，就要和小朋友分别几个月，情感上还真过意不去。但，病来如山倒，养病的事又含糊不得，只得在心里暗暗下了决心，等病好后，一定好好工作，报答园长的知遇之恩。

吴小月病愈上班第一天，就跟笑弥佛一样的园长表态，还教原来那个班。

林园长太阳一样的大脸上绽开一圈一圈的笑，说，可以可以。

让吴小月欣慰的是，班上的孩子还都认识她。

在接下来的工作中，她处处留心，事事尽心尽责，教学上更是卖力，班上的孩子欢声笑语快乐无比。

孩子开心，家长开心，她也开心。

但是，吴小月发现，同事们都不开心——大家见到她，爱理不理的，就像陌生人一样陌生，就是她主动跟同事们打招呼，人家也只是哼哈地应一声，赶快找理由离开，要是在走廊上或运动场上碰见了，她也仿佛一尊瘟神，同事们是能躲则躲，能绕则绕，最后，弄得她自己都人不是人，鬼不是鬼了。

吴小月找她的好朋友好，向她诉说自己的苦恼。好见四周没人，就问她，你是不是得罪园长啦？吴小月说没啊，好好的啊，园长对我可好啦，养病期间不但发了基本工资，还看过我两回呢。好犹疑了一下，说，

那你还是找园长谈谈吧，早点谈，还主动一些。吴小月说，到底怎么啦？好欲言又止，嗫嚅着说，我哪里知道啊，你没看见大家对你的态度啊，都跟有病似的。

吴小月只好到园长办公室。

园长还是那样的笑脸，那样的和悦，她一见吴小月，就公事公办地说，你来了正好，我也正要找你。园长说着，从桌子上拿出几张表，递给吴小月。

吴小月接过一看，这些表，都是对她的考核，是园里所有老师对她的考核，很奇怪的是，这些考核只针对她一个人，而且只考核她做错在哪里。每个老师每天写一条，她的错，有些简直莫名其妙，比如对孩子讲话声音高啦，比如孩子喝的水冷啦、热啦，比如强制孩子午睡啦等等，都是些莫须有的。

园长说，这是上个星期的，本周的在这里。园长拉开抽屉，并没拿出来给吴小月看，又神秘地合上抽屉。

怎么……这什么只考核我一个人啊？

林园长笑盈盈地说，别人表现很好，不需要考核啊。

吴小月还想说什么，但她已经意识到说什么也是多余的了，园长是在故意整她。

机会还是有的，你要好好表现啊，回教室吧，孩子还等你呢。园长说，我在合适的时候，再找你谈。

回到教室的吴小月，联想到病愈上班这十多天来的境地，才知道，自己回来上班并不是什么明智的选择，说白了，林园长不欢迎。但是，由于她和园里签有三年的合同，而合同期内是不能无故解聘她的，即便是生病，园里也要负责。合同上只有一条，就是考核不合格，园里才可以解除合同。园长现在所做的，就是处心积虑让她不合格啊。吴小月想跟园长理论理论，可这又有怎样的效果呢？今天是周四，明天再坚持上最后一天班吧，然后，和孩子们道别。吴小月想到这里，鼻子一酸，眼泪"哗"的涌了出来。

一个小女跑过来，从小花衣的口袋里掏出面巾纸，奶声奶气地说，老师别哭，小乖来哄哄你，啊，别哭啊……老师你怎么啦？

　　吴小月搂着小女生，说老师生病了，老师明天再来陪你玩，然后，就要在家养病了，好吗？

　　以后的事情，大家都知道了，吴小月因为身体不适，辞去了幼儿园老师的工作，回家静养了。

“表 哥”

“表哥”，是新近网上流传的热词：是说某省安监局长，因为在特大交通事故现场“微笑”之后，被网友人肉出十几块名表、十几个手镯子和名贵眼镜的故事，网友和媒体纷纷质疑他这些“宝”的来源。一时间，网上网下、街头巷尾、牌局赌窟，以至于饭桌会场，闹得沸沸扬扬。

话说海市城建局一把手胡局，也是一个“表哥”，和那个安监局长有同样的爱好，喜欢名表，是个十足的时尚人士，在安监局长成为网上红人和新闻人物之后，胡局在家人、朋友的建议下，立即收敛很多，不再像从前那样一天换一块名表戴了，也不再和同事好友大谈表经了。他也怕哪一天步安监局长的后尘，被“双规”、进班房。

这还不够，胡局不时放出话来，说他从前戴的那些表，都是山寨版的，是从青年路夜市淘来的，便宜的不过三五十块钱，贵的也就四五百。

此话传到美女处长小刘耳朵里。小刘处长从此多了一份心思。小刘处长三年前不过是一个小办事员，不显山不露水，人虽漂亮，怎奈没有背景，和白富美相差甚远。为了改变现状，她不惜倾家荡产，花费大钱，买一块江诗丹顿金表，送给了胡局。胡局心安理得收下后，对小刘说，年底有一次人事调整，正考虑提你做计财处副处长。小刘一听，心花怒放，觉得钱没白花。没过几天，胡局上大学的女儿“国庆”长假回家，她又趁热打铁，买一块女款欧米茄送去。果然，年底干部调整，小刘如愿提了副处长。一年后，处长二线，她又理所当然地当上了处长。为了感谢胡局，小刘处长又投其所好，买一块浪琴新款送去。

但是，小刘处长送的表，明明是正牌的啊？发票都一同给了胡局，怎么成了山寨？小刘心里结下一个疙瘩，而且疙瘩越结越大，这两天更

是惶惶起来。特别是，她看到胡局手腕上戴的，一直是她送的那款浪琴，更是坐卧不宁。这款简洁、朴素、大方的表，不张扬，不显贵，很适合胡局。胡局说的山寨，莫非专指浪琴？这款表确实不贵，只花两万多块，比起她送的江诗丹顿要便宜好多。胡局会不会嫌礼轻啦？这是完全有可能的。了解胡局的人都知道，他是狮子大开口，来者不拒。小刘当初也是有些功利的，在没当处长前，以厚礼冲击。目的实现后，再送小礼安慰。自己这点小心思，在老谋深算的胡局面前，肯定比窗户纸还薄。

小刘处长决定跟胡局说明情况，免得胡局猜忌和怀恨。

小刘处长见到胡局时，他正在办公室看文件——这是汇报工作的大好时机。领导只有实在无聊的时候，才看文件的。她的到来，正好可以打打岔，缓解一下胡局的无所事事。胡局呢，一看美丽的小刘处长，立即端坐好，放下手里的文件，微笑着看对方。小刘处长很得体地汇报几句处里的工作，话题一转，说，胡局这款表挺大气啊。胡局哈哈一笑，说，你也提醒我啊，哈哈，我可跟陕西那个安监局长不一样啊，他的表都是真家伙，我这可都是山寨的……儿媳妇在青年路夜市买给我的……这个……生日礼物，你看不出来呀？一看就是假货嘛。小刘处长愣住了，没想到胡局竟然忘了这块表是她送的。小刘处长想提醒胡局，但又不知如何说，嗫嚅着，脸憋得通红，说，这表，表……不像是山寨……胡局挥一下手，打断小刘处长，怎么可能不是假货呢？现在造假，跟真的一样。小刘处长不敢说话了。小刘处长望望胡局，感觉胡局的目光暧昧而轻佻，从她脸上，下移到她丰满的胸部。小刘感觉胸部那里火突突的，也媚一眼对方，喘息着，说，胡局，你还有什么指示？胡局心有灵犀，哈哈着，站起来，走到小刘身边，伸出肥肥的大手，拍拍小刘瘦俏的美人肩，说，手表是山寨的，人不是山寨就好啊。小刘处长一下明白胡局的意思了，原来他并没有忘了手表是谁送的。他之所以这样说，不过是欲盖弥彰罢了。他的意思图，就是现在即将要进行的……谈话。果然，胡局牵住小刘处长柔嫩而光滑的手，说，到里间谈谈啊……

小刘处长当然没有随胡局进他里间的小会客厅"谈谈"了。她知道，谈谈是假，弄不好失身才是真。小刘处长得体地抽出自己的手，说，办公室有人在等。小刘处长坚决转身离去了。

小刘以为离去就万事大吉——要真是这样，也太小瞧胡局这些年的历练了。不多几分钟，党办秘书通知小刘处长，让她立即去胡局办公室。小刘处知道事态有些严重，诚惶诚恐地来到胡局办公室。胡局郑重其事地告诉她，昨天，市委组织部来考察县处级干部，局里推荐了她……小刘处长怕自己听错了。但她还是明明白白听到胡局最后说，组织部王常委，和我有同样爱好。胡局说完，用手指弹弹腕上的表，又说，明白？

　　小胡当然明白了。

朋　友

　　刘开权，是我以前报社的同事，喜交谊，爱喝酒，好吹牛，友朋谥以牛（刘）皮绰号而闻名新闻、文化界。关于他的段子，虽比不上拍案惊奇那样传奇，也算得上坊间笑料。比如，他到市里采访一个重要会议，回来后，必大吹："今天和某某市长喝酒，他对我某日见报的稿子大加赞赏。"再比如，他交上一篇采访稿，一时又怕编辑不上版，会大言不惭地说："这篇稿子，是市委宣传部某部长亲自安排的，稿子这样写，也是某部长亲自指示的。"

　　刘开权还写诗、写杂文、写小说、写散文，报纸的各个版上，都会见到他的文章。一时间，他成为横跨新闻、文艺界的名人。名人怎么会朋友少呢？在我的印象里，他的朋友不是一般的多，而是多得连自己都不认识，恨不得全世界的人都是他的朋友。无论是在酒桌上，在会议中，还是在采访中，见过的，没过见，听说的，没听说的，都是他朋友。

　　有一次，我应邀参加一个文艺界活动，得知他也要参加。因为曾经是同事，又因为我怕他到时语言不慎引起笑话，认识不认识的，都往身上拉，便郑重告诫他一些常识，比如朋友、熟人、同事、同学、邻里等等不同的词汇，是有不同解释的，生活中也是有轻重、远近之分的，比如曹聚仁的观点……

　　我话还没说完，他立即打断："啊？你说老曹啊，老朋友了，他的观点，他的观点和我交流过……他怎么说？"

　　我哭笑不得，只能告诉他："曹聚仁是现代文学大家，久居香港，病逝于 1972 年……"

　　"噢，知道，你说那个老曹啊，哈哈哈，怎么不早说？你看，你这家伙，没把我当朋友啊。"

我为了进一步说明我的观点，说："我们不是朋友，我们曾经是同事。"

"就同事啊，还曾经？我们都不是朋友，那你有朋友吗？"

我说："有啊。"

"那，你说，我不算你朋友？"

我说："同事归同事，和朋友是两码事。"

"乖乖，你这小子……那，你有多少朋友？"

我说："熟人，文友，同事，不一样的，朋友嘛，至多也就三个半吧。"

"太少太少，我的朋友，到处都是啊，可以说遍布全市的所有领域。"刘开权得意中透出优越感，但也没忘记我要说的话，"你说的那个曹……他怎么说？"

我告诉他，曹氏对他同时代的作家都很熟的，但有一次别人提到巴金、周扬、黄源、胡风等人，曹氏很有原则地说，黄源兄和我最相熟，巴金也时常见面，却没有很深的交谊，至于胡风的印象，就很淡了……

刘开权再一次打断我的话："老曹这个人啊，就是缺少朋友……啊？你说哪个老曹？"

我无言以对了。

那天聚会，人到得差不多了，只等一个政界闻人——前政协柳主席。

刘开权一听，老毛病又发了，很自信地说："柳主席啊，他一会就来，刚在路上碰到我的，他老人家对我真客气，执手相谈甚欢啊。"

相熟的人只能相视一笑。

小说家李建军故意逗他道："刘老师你才来呀，刚才《星星》诗刊的美女编辑胡老师来找你——她是昨天来的，等会要赶飞机，急着要见你一面。"

刘开权得意道："胡编啊，我知道她来的，也是老朋友了。她这时候找我，肯定是关于稿子的。她在哪个包间？我得去回访一下。"

李建军随口说个包间号。

刘开权出去的当儿，政协柳主席到了。

大家落座后，准备开席。李建军说要等等刘开权，看他回来如何吹牛，如何自圆其说。因为根本就没有胡编这个人，完全是李建军子虚乌有虚构的。

柳主席问："谁是刘开权？"

大家听了，更是哈哈大笑了。有人调侃道："他刚才还和你执手相谈甚欢的。"

"没有没有。"柳主席认真地说，"我不认识这个人。"

大家听了，更是大笑一通。刘开权就是在笑声中，进屋了。李建军问他，找到《星星》的胡编啦？

刘开权说："谈点小事，哈，就是我的一组诗要发，胡编让我改改。"

大家听了刘开权的话，都没有话了。

刘开权是我八年前在报社的同事。现在他还在报社当记者。关于他的段子，如上述一样，多如牛毛。但很少有新意，大家都懒得讲了。

立此存照而已。

胡 子

胡子是他真实姓名。姓胡，名子。

胡子嘴上的胡子和他姓名一样有特点，像茅窝（一种芦花、草蒲和麻绳编织的鞋子），浓而密，乱而脏，每根都是弯曲的，还时不时散发出腥臭味。

有人认为，胡子不像是人名，像什么呢？不好说。胡子一听就不服，跟朋友急，眼睛翻得要掉出来。如果胡子心情好时，他也会跟人解释："其实，还是习惯问题，就像孔子、老子、庄子、韩非子，还有公孙龙子什么的，像名字吗？他们照样不是大名人嘛。"他如此一讲，大家明白他的意思了。也有讨好的"女文青"附和他："将来，胡子会和那些什么子们齐名的。"胡子爱听这话，会大包大揽地说："好，你写篇稿子给我，我给你发头条。"

这么说，你就知道了，胡子是某报编辑，当然是副刊编辑了。他有个特点，只要是女的（漂亮不漂亮另有一说），他都会热情约稿，至于对方是不是作家，喜欢不喜欢写作，他就不用考虑了。如果是男的呢，一般情况下，只要请他喝顿小酒，他也会主动约稿的。因此，在写作界，胡子的名气，就像他胡子那样，渐渐为大家所熟知，也理所当然地，当上了作协的副主席。

胡子当上副主席后，就不能光做编辑不搞创作了。胡子写诗歌、散文，也写小说。当然，由于底子薄（新闻记者出身），写出来的诗，就是短文的分行，散文像新闻，小说就是"四不像"了。但是在朋友们的夸赞下，他十分沾沾自喜，自费出一本集子，洋洋得意地寄赠给他过去的同学和朋友，还大张旗鼓地开了个新书发售会。他随身携带的包里，也随时装上几本，在酒桌上或茶社里，在各种场合，他都会拿出来，签上大名，送人。得到赠书的朋友，照例都会夸上几句，他也照例地把夸他的话，照单收全。

胡子去省城开过几次会，笔会，读书会什么的，回来后大谈他认识的名作家，口气里，和名作家是多么的相熟，还把名家的稿子发在自己的版面上。有人惊讶地说："不得了啊胡子老师，你连谁谁谁都熟啊。"胡子轻描淡写地说："他呀，我作者，小弟兄。"或者说："是啊，别看他们是什么名家，也是我朋友。"

某年某日，省作协召开换届大会，胡子也是市作协代表之一。开幕式结束后，大家纷纷上台，以大会会标为背景，拍照留念。胡子也不失时机地和省作协主席合影一张。正欲下台时，被一个声音喊住。胡子定睛一看，是三十年前的高中同学——他居然也来参加会议了。胡子早就知道，同学在学校时就是诗歌爱好者，这么多年下来，一直没有离开文学，算是个省内外小有名气的作家。老同学相见，分外亲，又是在这样特殊场合，自然要拍照留念。于是作家同学便拉着胡子，在大会会标下，拍了几张。

这下热闹了，台下开会的许多年轻作家，看这个大胡子像个名人，争着抢着和胡子合影。胡子也不客气，拿出名家派头，和上台的代表拍照。

拍完照的作家们，一时想不起来胡子是谁，便互相打听。胡子的作家同学本来不想多嘴，但被人反复问，也只好说："他叫胡子。"对方惊讶地说："是啊，你看他胡子，多有派啊，多像艺术家啊，他叫……"胡子的作家同学再重复一遍："胡子。"对方若有所思地说："胡子？胡子是谁？代表作是什么啊？"胡子的作家同学也只能实话实说："我还不知道他写些什么。"对方似有所悟，面露不悦之色，她身边的一个女孩撇一下朱唇，小声嘀咕一声："白浪费表情了。"

胡子终于走下台来了，他得意地对作家同学说："没法子，他们崇拜我。"

作家同学只好附和着："是啊，能和你这样的名家拍照，是他们的荣幸啊。"

胡子得意之情溢于言表："这样，等会你有时间，到我房间去，我送本我的大作，给你学学。"

作家同学虽然答应着，心里已经做出了另外的决定。

会议结束，代表团回来后，胡子更是以名家自居了，特别是被与会作家代表争相合影的事，被他拿来，反复在酒桌上吹嘘、炫耀。于是，在小城，又引来新一轮的崇拜热潮。

作　影

　　老杨这些天一直不畅快。

　　细找一下原因，似乎是对孙子那套七万多块钱的摄影装备，不以为然。孙子杨小洋，一个屁门都不懂的孩子，突然喜欢上快门——玩起了摄影。而且，昨天才说的喜欢，今天就成了专家。

　　老杨搞一辈子摄影。退休以后，终于把相机扔了。老洋的相机，从50年代的海鸥4A，到60年代的牡丹，再到70年代的春蕾，他都玩得透熟。要说起暗房技术，他更是滔滔不绝，如数家珍。可现在没有暗房了，都什么数码了，什么傻瓜了。老杨不懂这些。也不想懂。他只知道，摄影，如今是人人都会的技术了，只要拿得动相机的，人人都成了艺术家。事实上，摄影这玩意儿，又实在是没有任何技术含量，就更不要说艺术了。当然，如果只是给自己的人生留个纪念，那另当别论。

　　老杨以一个老摄影家的经验和意识，这样想，确实有他的道理。

　　杨小洋对于祖父，也一直耿耿于怀。祖父干了一辈子摄影记者，各种照片发表成千上万幅。可没有一幅称得上艺术作品的，连大路货都算不上。

　　这爷儿俩之间，就常有一些摩擦。

　　"你把相机拿远一点，别在我面前晃。"老杨说，他坐在后院的花坛边晒太阳，身边的水磨石圆桌上，放着泡上云雾茶的紫砂杯。

　　小洋坐在祖父对面，他头都不抬，在豪华的摄影包里翻找，嘟囔着说："我的数据线呢？"

　　"什么？"

　　"数据线，说你也不懂。没有数据线，我怎么把相机里的片子，传到电脑里啊？扫了几天街，再不倒出来，相机要爆了。"

"扫街？"

"爷爷，这是新名词，你不懂好不好？扫街，是一种拍摄状态，就是在大街上，逮到什么拍什么。"

"你天天不归家，拍那些烂片，有什么用？"

"什么叫烂片啊爷爷，你懂不懂艺术？我的作品，可是在许多大刊、网站上发表过的。"

"你那一套，傻瓜都会，还什么艺术？别恶心我老头子好不好。"老杨的话很冲，几十年了，脾气不改，心气一直这么高，坚持自己观点，哪怕是自己喜欢的孙子，他也拿住原则不放。

小洋没有找到数据线，只好再跟爷爷普及一下摄影常识，顺带炫耀一下自己的摄影作品。小洋把相机拿到祖父面前："爷爷，给你看几张，这一张《竹影》，多好啊。这光线，这暗影，这色彩，啧啧啧，没治了。"

老杨看看。他什么也没看见。老洋的视力，又老花，又近视，再加上孙子拿相机的角度，他只看到一塌糊涂的一片。但是老洋耳朵不聋，他听清孙子的话了，作（竹）影。什么叫作影呢？他好容易弄懂了傻瓜，也弄懂了扫街，还有数据线、单反什么的，又来个什么作影。哦，对了，不是有作文、作曲、作画嘛，作影，可能是摄影的新说法。曲能作，画能作，文章能作，影为什么不能作？

"你的作影，我一张看不懂。小小年纪，就作这么多影，我一辈子也不过万把张。"老杨活学活用地说，"听说你出去玩一次，作影就赶上我一辈子了。"

祖父的话，小洋一时没反应过来，再一想，笑了："作影？哈哈哈，对，作影，我明天要出发了爷爷，去花果山住几天，多作些影，准备选几张参加全国展。"

说话间，小洋电话响了。小洋接电话时，不知什么事，兴奋得上蹿下跳，对着电话吼一阵笑一阵，说些老杨听不懂的话。

老杨养几只猫，还有一条叫大花的狗。猫狗有时很和谐，有时不和谐。经常没轻没重在一起玩闹。这不，大花又追赶那只小黄猫了。老杨知道大花调皮。小黄更调皮。小黄有事没事要去闹闹大花，直到被大花追得乱窜才开心——大花追起来刹不住车。小黄也灵得很，一个拐弯，躲到水磨石桌子底下。大花一头撞过来，两条前腿架到石桌上。

老杨本能地要去护住相机——毕竟七万多块啊——已经晚了，大花的一只前脚，按到了相机上。老杨凭着自己一辈子的经验，感觉相机闪了一下。就是说，快门，已经被大花按下了。就是说，大花充当一回作影师了。老杨眼疾手快，伸手抢过相机。还好。老杨松口气，大花没进一步糟蹋相机。

老杨把沉甸甸地相机拿在手里。

小洋也正好接完电话，转头看到祖父拿着相机端详，笑着调皮道："爷爷要不要试试手，作影一张？"

"拿走。"老杨瞪孙子一眼。

小洋接过相机，也没看。急着要走："爷爷你就等着吧，等我这批……这个……作影作品出来——多别扭啊——看我去全国拿个大奖给你。爷爷再见！"

老杨看着孙子风风火火走了，嘀咕道："我还作影……呵呵，大花倒是作了一张。"

话说小杨开车到朋友家，找回数据线，把相机里的作品往电脑里传的时候，看到一张神奇的照片。这张片子真是太出色了，拍出了油画般的效果，暗红色的底色上，几条树枝一样的影子仿佛闪电，色度是多重的。关键是，那些闪电一样的枝影，和渐渐收拢的红遥相呼应。在景色的远方，那个人状的影子，正向遥远的天际飘拂而去，给人以多重的视角冲击。整幅作品，先锋而现代，自然而贴切。小洋惊悸了半晌，对祖父真正刮目相看了——从照片自动留下的时间可以断定，正是他接电话时，祖父小试身手拍下的。

后边的故事简单了，小洋没有和朋友去花果山搞创作，而是把祖父这张作品放大，根本没做任何后期处理，向全国展投稿了。

顺理成章的，这幅作品荣获唯一的一等奖。

小巷里

滕士花原来不是拉三轮车的。她买这个机动三轮车，跑黑客，也就是这个月的事。

一个月之前，滕士花在街上摊煎饼卖，一块煎饼能赚一块二毛钱左右，如果巧妙躲过城管的追赶，能卖 50 张到 60 张煎饼，六七十块钱啊，这个收入她已经很满意了。

但是城管很难躲过。城管的那拨人，社会上招来的，训练有素啊，要跑能跑、要追能追、要打能打、要骂能骂。滕士花不止一次领教过城管的厉害了，被掀过摊子，被踢过腿，被几个彪形大汉架离过，甚至被扇过耳光，那记耳光清脆而嘹亮，她一直记忆犹新。

城管再厉害，滕士花也得摊煎饼啊，不摊就没有收入，没有收入，12 岁的弱智儿子，就没钱在特殊教育学校读书，没钱读书就更弱智，将来怎么混社会啊，连城管都当不上。滕士花一根筋，一条道走到黑，城管从东边来，她就往西边跑，城管从西边来，她就往东边跑，总之，条条大路都能躲，她不相信就没有一条自己的路。

她哪里知道啊，她的那条道，还是走到头了。那天，她被城管抓住了。那天的城管搞了个迂回战术，或者叫声东击西，明明城管是从东边上来的，她按照正常战术，向西逃，没想到落入了城管的包围圈。一个胖城管逮住她的龙头把，另一个更胖的城管憋着劲儿，给他一耳光，喝问她："以后还来不来？"她眼冒金星，睁眼一看，果然是上天打她耳光的那位。她心一横，说："我不来吃什么！"更胖的城管说："还敢犟嘴。"同时又是一耳光。这下她疼得受不了了，双手抱住脸，蹲到地上。她摊煎饼的三轮车，连同炉子和半盆煎饼糊糊，被胖城管掀到了身后的黑水河里。

滕士花脸肿了好几天，躲在家里没出门。滕士花再次出门时，她换一辆三轮车了，烧柴油的机动三轮车，同时，也改变了经营策略，搞起了客运。

滕士花是个讲信誉的女人，长相也诚实，馅饼嘴，短鼻子，黑红脸堂，牙齿特别白，拉客时，再友善地一笑，都能赢得顾主的信任，所以，生意也不坏，起早贪黑，一天也能有个七八十块钱的收入。

有一天晚上，下着小雨，雨虽不大，却"唰唰"个不停。滕士花披着雨衣，在火车站接夜班火车，看到一个七十岁左右的老人，拖着疲惫的身体，带着不少行李，一个人歪歪扭扭地走出车站。滕士花看他一副左顾右盼、无所适从的样子，便迎上前去，问他去哪里？老人疑惑地揉揉眼，说："我走亲戚。"滕士花说："我送你去吧？"老人问："多少钱？"滕士花说："是市区吗？十块钱"。老人说："贵了，便宜点大姐。"滕士花笑吟吟地说："你说多少钱？"老人狡黠地一笑，说："十块就十块，不过你要包我送到。"滕士花说："市区就巴掌大地方，一定送到，送不到不要线。"滕士花把老人扶到车上，还给他穿上雨衣。

路上，滕士花问老人："你去哪里啊大爷？"老人说："我去我兄弟家。"滕士花又问："你兄弟家住哪里啊？"老人说："我兄弟家……哪里我也记不住了，姑娘你前向走，我认识那块地……从百货大楼往前，一条小路向右拐，进去再左拐……到了我就告诉你。"

滕士花觉得老人还不糊涂，一边开着三轮车，一边和他聊天，得知他是来新浦看望分别多年的弟弟的，弟弟也是近 70 岁的老人了，20 年前住在百货大楼以北这片区域，现在是不是还住在这里，也拿不准了。

由于老人实在记不住弟弟家的街巷叫什么名字，再加上市区二十多年来变化大，滕士花在老人的指点下，转了好几条巷子，也没有转到。

滕士花急了，跑这么多路，就十块钱，夜已经很深了，路上除了雨，还有几个孤独的路灯，连个人影都没有了。

但是，滕士花跟人家打个包票的，也只好跟着老人走大街串小巷。

老人凭着模糊的记忆，指东忘西，一会儿说是这里，一会儿说是那里，感觉哪条小巷都像，哪条小巷又不像。滕士花陪着老人，叩开一家又一家的门，打听着，询问着，有时候还受到不明真相的人的呵斥，更有个别人，把她当成骗子。

滕士花停下车，真想像城管那样，把他推下车。

但她还是忍着气与老人交谈，询问老人二十多年前对他兄弟家周围环境的印象。

老人说："上哪里记啊……好像不远处有一个公共厕所。"

这可是个重要信息。滕士花对这一带较熟，公共厕所只有四五个，虽然都改成水冲厕所了。但原址她都有印象。她根据老人的描述，判断老人的弟弟家很可能住在建国路一带的老街上。

果然，深夜两点多钟时，在新浦建国路一条小巷里，找到老人兄弟的家。

滕士花接过老人的十块钱时，心里一委屈，眼泪涌出来了，比天空的雨汹涌多了。

折腾了大半宿的滕士花，这时候突然感到又饥又渴又冷，十分疲惫，似乎一点力气也没有了，更为凑巧的是，三轮车没油了。滕士花只好蹬着三轮车，艰难地在小巷里骑行着。小巷还是五十年前的石板小巷，多少年没有整修过，坑坑洼洼，高低不平。滕士花知道，这一带号称棚户区，要不了多久，就要改造成廉租房了，所以，她也没去骂该死的小巷。但是小巷还是和她过不去，一块水泥板断了，她没看清，车子一歪，跌进了下水道，虽然不算重，还是摔得她很疼，关键是，摔得她动弹不得了，三轮车前轮还压在她身上，一动，肋骨像裂开来一样。筋疲力尽的滕士花心想，坏了，不会死在这里吧。小巷里没有路灯，两边的人家也是黑灯瞎火的，她只好喊救命。谁知，救命也不能喊，嘴巴一动，就疼得受不了。受不了也得喊啊。

"救命……"滕士花的喊声，还不如猫叫。

当拐弯那儿的路灯在雨中熄灭的瞬间，雨势突然大了，滕士花也实在没有力气喊了。

至于第二天，城管在清查机动三轮车非法营运时，已经和滕士花没有任何关系了。

 接 头

我身边有不少网络达人，他们分布在这个城市的各个角落，在论坛上相互打牙撂嘴，俨然熟透的朋友了，于是，便不安分地从网络里摇身一变，现了真身，走出网络，成为生活中的知己，三天两头在一起聚会、吃饭、喝茶、打牌、钓鱼、郊游，玩得风声水起。

"魔鬼附身"就是其中之一。

也许是为了凝聚大家的力量，也许是因为别的什么（谁知道呢），"魔鬼附身"建了一个群，叫"魔鬼附身之友俱乐部"，把常在一起吃吃喝喝、散步郊游的朋友聚集到一起。这样，一个小圈子形成了，大家其乐融融，气氛尤其好。

这个群共有36个人，虽然大家的网名稀奇古怪无花八门，我大体上都能辨别出谁跟谁。只有这个叫"稻草人"的，一直沉在下边，没见亮过。每一次上QQ，每一次打开群，我都会看看她。有一次，出于好奇，我点开她的空间，看了她的照片，真是大饱眼福啊，她空间有88张个人照片。每一张都好看，有的端庄，有的俏皮，有的是在自然景点，有的是家居小照。88张看下来，我得出一个结论，不是她照片漂亮，原是她人漂亮。

空间里，还有她的日记，有一篇，开头是这样的：

也或许，我有一种情结，文字的情结，渴望滋润心灵的情结。我喜欢徜徉在或温暖、或感伤、或理性、或激昂的文字里的感觉，喜欢在那样的文字里舒缓释放自己，喜欢享受文字带给我在现实生活中渴望得到的东西，陶醉沉迷于文字的虚幻世界，它是现实生活的补充。或许，我是个愚者，习惯痴迷于文字编织的飘缈世界；也或许我是个智者，在文

字中找寻到了心灵的平衡……

我隐隐感觉到，她不仅漂亮，还是个有情怀有思想的姑娘。空间里显示，她今年 29 岁。

又过一天，我发现稻草人的头像下边，燃起一根小蜡烛，显示几天后的 5 月 31 日是她生日。那应该是 30 岁生日了。于是，我点开稻草人的会话框，用临时会话给他留言，祝她生日快乐。

但是，一连几天，没有看到她的回音。我估摸她可能没有上线，也有可能不想搭理我。是啊，大家都生活在各自的"圆圈"内，"圆圈"外的生活，有很多的转瞬即逝，像在车站的告别，刚刚还相互拥抱，转眼已各自天涯。或者像大家常说的，很多时候，你不懂，我也不懂，说着说着，就变了，听着听着，就倦了，看着看着，就厌了，走着走着，就散了，爱着爱着，就淡了，想着想着，就算了。经得住时间考验的，也只有时间了。

没想到的是，在某一天早上，她回话了，极其简单的一句：谢谢啊。在谢谢旁边，还有一个捂嘴偷笑的表情。我说，笑啥子？她说，感谢你的祝贺啊。我回道，不用谢，这是我应该做的。她又回个俏皮的笑，说，你是？我告诉她我网名。她说这个我知道。我说，你是群猪（主）的朋友？她说，不是。我说，那你是怎么进来的？误打误撞吗？她说也不是，朋友拉来的。我说，噢，这样。她说，你是大文豪？我说，此话怎讲？她说，听说群里有不少大文豪，大作家，我以为你也是。我说，只是偶尔写点小文章，玩的。她说，果然，大文豪都谦虚的。我有些脸红，想转移话题，想说，什么大文豪大作家，都是狗屎。岂料，还没等我说，她又说，最近出书啦？送一本玩玩。我恰巧刚出一本集子，今天收到五本样书，她怎么知道呢？我对谁都没讲啊。我说，你怎么知道？她说，我会算，让我拜读学习下？我说好啊，书怎么给你啊？她说，你说下。我想想，说，下午两点半，我们到怡景苑小区南门接头？她发个笑脸，说，为啥在怡景苑？我说，我在那一带活动。她说，哈哈，搞得跟潜伏似的。暗号是什么啊？我说，我手里有本书。你呢？我怎么认出你？你穿什么颜色的衣服？她说，我穿连衣裙，深色的。我说，好的，能认出你来。其实，我看过她的照片，自信不会走眼。她说，好，一言为定。

我说，不见不散。她末了，又得意地说，嘻嘻，我要有书看了。

午觉醒来，时间离约定的两点半只差五分钟了。我连脸都没洗，取一本新书，匆忙就出门了。

小区门口是热闹的大马路，车水马龙，人来人往。我在门口四下张望几眼，没有看到我要找的姑娘，再看手表，已经到了正点约定时间了。我想，女孩子迟到，是矜持的表现，应该的。那么，现实中的她，是什么样子呢？和照片相差不会太远吧？

正想着，从我右侧不远处，走来一个姑娘，穿连衣裙，身材亭亭的，走路很有韵味。应该是她了。我酝酿着脸上的表情，望着她渐渐走近。

她也看到我了——也许是被我的笑感染——她也阳光地一笑。

我把手中的书一举，迎上去，说，准时啊。

她站住了，接过我送上去的书，说一声谢谢。

本来我以为她要停下来说几句话的，没想到她只说"谢谢"两个字，便微笑着点一下头，保持刚才的步履，走了，边走边翻着书。这也是矜持的表现吗？我想，感觉她比照片上要妩媚一些，笑容更灿烂一些。我看着她的背影，想着她怎么会这么迫不及待地打开书呢？她这样一边走，一边读，能明了书中的意境吗？不知怎么的，我心里有些怪怪的感觉。

就在我欲起步离开的时候，突然的，我面前走来一个姑娘，她可能是走得急吧，微微地喘息着，不好意思地一笑，说，对不起呀，来晚了——我是稻草人啊？

我的惊讶也让她惊讶了，她再次重复道，我是稻草人，来接头——拿老师新书的。

这才知道，刚才那位，并不是稻草人。眼前的这位才是——和照片上一模一样，清明、简朴、素雅，又落落大方。可刚才那位，我为什么觉得也像呢？她居然也不客气地把我的书拿走了。

稻草人似乎也看出了什么——可能我空空的手让她意识到了，她说，老师，是不是你接上头啦？哈，新书被冒领了——不过也是好事哈，多一个读者了，也好，明天咱们再重新接头哈。

场 合

若干年前，年轻的苏连，还在副科长的任上，对于迟迟没有提拔成"正科"而耿耿于怀。在一次饭桌上，苏连对于目前的处境十分不满，发狂言道："如果两年之内不提拔，不搞行政了，老子改行去做作家。"

苏连之所以有此底气吹牛，主要还是因为他小姑是市委组织部副部长。

但是，苏连的话，还是被当着笑谈。作家是那么好做的吗？在一个城市，科长太多了，就是处长，也多如牛毛。历史经验告诉人们，不要说科长、处长、局长，就是市长，如果不在岗位，若干年以后，有谁会记得？作家就不同了，以作品说话，他的作品可以流传后世，作家也就会不朽。苏连的话，明显太无知。只能说明，在苏连的潜意识里，一个单位的小科长，也是比作家更有知名度或更加实惠的。

还好，作家界终于没有苏连的一席之地——尽管，他偶尔在市报上发表过几首诗和几篇短文——苏连在这年年底，提拔了，如愿当上单位的科长。更让苏连自己都吃惊的是，两年后，他当上处级干部了——某局副局长。

许多人认为，苏连这回该心满意足了。岂料，他依然牢骚满腹，看谁都不顺眼，特别是那些年龄跟他差不多，又自认为能力比他差的，一个个神气活现到处张扬，不是正处，也是副处，而且身处要害部门。相比较，苏连还是差的。他心有不甘啊，和那些意气风发的干部们相聚于饭厅上，会场里，苏连都会从心底里瞧不起对方。因此，在干部们谈论谁谁谁又要提拔了，谁谁谁和谁谁谁是一个系上时，苏连会说："你们，切，除了当官，还能干什么？我跟你们不一样，我是诗人，搞创作，哪有心思在官场上钻营？我顺其自然啊。"

苏连的话，大家都信。也有人调侃他，在官场上，你是诗写得最好的处级领导，在作家界，你官做得最大。

官场上曲高和寡的苏连，有时候也跟作家们玩，喝酒打牌，偶尔也参加某诗人或作家的作品首发式。这时候的苏连，特别的清醒，他在发言中，很苦恼地说："我真佩你们写作的，可以一心一意写点东西。我不行啊，天天开会，检查，忙死了，脑袋指挥屁股，真是没有时间写啊，不然，我的诗也能到处发表，诗集早就出版发行了。就是成为全国名诗人也是有可能的。"

久而久之，大家知道了，苏局长是到什么山，唱什么歌，在什么场合说什么话。和同僚在一起时，他以诗人自居，以高人一头的艺术家身份，俯视眼前的小官僚们。和作家们聚会时，他又以政府官员的身份，摆出应有的派头。有人说，他之所以这样做，并不是寻求一点心理上的平衡和安慰，而是一种习惯。

歌　本

九岁那年，初夏时节，小娟穿着花裙子，在院子里唱歌。她唱《婉君》，自己也像小婉君一样跳来跳去。不知什么时候，母亲没有夸她唱得好听。母亲会一边干活，一边夸她的。怎么没有声音啦？母亲踩缝纫机的"扎扎"声，也消失了。小小娟跑进屋里，看到母亲两手抱住肚子，脸上一副痛苦的神情，汗也直往下滚。小娟知道，母亲的胃病又犯了。小娟手足无措地抚着母亲的肩。

母亲冲她苦涩地一笑，说，乖，没事，疼一会儿就不疼了。你看，我这还有这么多衣服要做，今天要交不下去，会挨罚了，看它还敢疼吗？乖，再唱个十八相送给妈听听。

小娟眼泪就流了出来，妈，我不要唱歌了，你教我做衣服，我和你一起做衣服，你的胃就少疼了。

就这样，九岁那年的暑假前夕，小人儿小娟，就和妈妈一样踩缝纫机了。小娟的工作，主要是打下手——缝衣服的里子。里子的部件和面子一样，由袖子、背面、前片、口袋等组成。小娟的小手，先在薄薄的里布上开好里袋，然后把两片袖口缝好，在一个袖子的中间留个小洞，便于把面子和里子缝合后翻出来，最后把袖口和前后片接好，一件里子就算完工了。母亲的活是一批批的，小娟的里子也是三十来件齐做。每天放学后，一直到深夜，小娟总是陪着母亲干活，一边踩着缝纫机，一边唱歌。歌声在缝纫机的嗒嗒声中，时远时近地回荡在屋里，飘到院子里，母亲的胃疼，果然就好了。

小娟家有台黑白电视机，母亲干活的时候，喜欢把电视机开着，也不是要看电视，就这样听着，有一句没一句的。自从有了小娟陪着一起干活，那台黑白电视机就不开了，小娟成了妈妈身边的收音机了。小娟有唱不完的歌，她是个聪明的小丫头，好听的歌，听一遍，她就会哼哼了，再听一遍，就会唱了。小娟有一个小本本，是三好学生的奖品，小娟在小本本上，抄了一本的歌。

过了十年，又过十年。小娟已经是一所学校的音乐老师了。母亲呢，也渐渐老了，可她闲不住，还做服装加工，从厂子里包活，没日没夜地干。小娟放学回家，照例地帮母亲做。

日子平淡而美好。

小娟也有个女儿，和小娟小时候一样的漂亮，在幼儿园学来的歌，回家就唱给母亲和外婆听。每一次，外婆都是喜上眉梢的样子。现在的缝纫机，早就换成电动的了，噪音也很小了，在轻微的沙沙声中，伴着外孙女稚嫩的歌，小小的院落充满快乐和生机。

有一天，毫无预兆的，母亲中风了。在医院里躺了几周后，病情好转，但说话还咬字不清。出院回家后，母亲的情绪一直高不起来，只有在听到外孙女的歌声时，才稍许地露出笑容。小娟除了上课，照顾母亲，终于把母亲没有完工的服装做完了。

小娟可以一心一意照顾母亲了。

但是，母亲的病却一天天加重，终于，连话也不能说了。小娟心疼母亲，天天陪侍在母亲身边。

一日午后，母亲吃完饭，突然抬起手，指指柜子。小娟不知什么事，又问一遍。母亲还是指指柜子。母亲知道，一定是柜子里藏着什么东西了。小娟就到柜子里翻找。柜子里的东西不多，她拿了几样，询问母亲，母亲都是摇头。小娟打开一个手帕小包裹，是一本淡青色笔记本，小娟一下就想起来，这是她小学时抄歌的本子。小娟打开一看，果然。小娟的心里涌起一阵温热。

小娟照着本本上的歌，轻声唱起来。母亲的脸上，重新露出温馨的笑容。说来真是奇迹，在小娟天天的歌唱声中，母亲的病又渐渐好转，三个月后，不但能下地走动，还能开口说话了。

# 翻译作品

　　我朋友周大荣是师院副教授，原来教化学。但他对化学一点兴趣没有。或者说，对于教化学，没有一点兴趣，却出人意料地长着一副经过化学反应的模样，大头、小眼、短鼻子，葫芦脸，怎么看，都仿佛是人类进化成的另一物种。好在，他汉语好，英语更好，因此也没有人怀疑他跟自己是同类了。

　　由于周大荣热爱文学写作，经过院系间的调整，调到了中文系这边，专教本科班的写作课——写作，是周大荣的强项，数年来，写了不少文学作品，小说啊、诗歌啊、随笔啊、评论啊，什么都写，跟我有些臭味相投，而他的强项，是散文诗，在这块领域，他更是得天独厚。让他教写作，可谓驾轻就熟啊。他也读了不少书，古今中外，汉语外文，涉猎很广，有事没事会和我混到一起，谈谈文学，谈谈写作，谈谈读书，偶尔也会聚在一起喝两杯。酒这东西真是怪，喝下去，就会让人产生异变，谈话也常常不着边际。有一次，也是因为酒大，他不小心说漏了嘴，说他写了十多年，也算是老作家了，却没在正儿八经的杂志上发表过作品，最多是《中国散文诗报》啊，本市的日报晚报的副刊啊什么的，或者说，全是不起眼的小报，所发作品也是三五句一篇的散文诗或散文诗一束，真不好意思拿出来献丑，跟学生们也不好意思吹牛。我安慰他说，这些作品，如果单篇拿出来，确实单薄了些，但要汇成一集，那就厚重了，读者说不定会很喜欢。他摇摇头，说，出书，谈何容易，出版社认的是市场，除此之外，就得自己买书号，自费印刷了，没多大意思的。我说，你英语好，可以搞搞翻译，你散文诗又那么有名头，翻一本《草叶集》那样的书，不愁没有识货的出版社。他听了，

朝我望望，半天，没说话，又半天，眼睛忽地一亮，端起一杯酒，在我酒杯上碰一下，说，敬你。

不久之后，周大荣翻译的新书就出版了，原著是英国著名散文诗作家伍莱芙尔曼的成名作《远逝的声音》。

我是第一个获得赠书的同事兼朋友。这是一本薄薄的书，小 36 开，120 页，收伍莱芙尔曼散文诗一百多首，基本上是每页一首，我读了几首，心想，这个伍莱芙尔曼也不过如此，水平也不比周大荣强，最多也就半斤对八两。再往下看，有三五首居然和周大荣曾经在本市晚报上发表的作品构思雷同，甚至有些眼熟。我自然也不便说什么，可能是周大荣在创作时，参考过伍莱芙尔曼的原作也未可知。

又过不久，系里的老师间便传闻小道消息，说周老师翻译的伍莱芙尔曼散文诗集是假托，大英帝国并没有这个 18 世纪的古典散文诗人，更没有《远逝的声音》这本书。事实上，这本书中的作品，都是周老师自己的创作。我也听到这样的说法，自然还是不便说什么，一来，我和周大荣是朋友，二来，我们都是搞写作的，同行，别人议论一下可以，我要是参与议论，人家会说我妒忌，或者说是文人相轻。

然而，这事还是牵连到了我。某天，午后，周大荣突然来到我的宿舍，板着脸对我说，借给你的几本书，还我。我听了，一头雾水。借书？我们都是爱书如命的人，从不互相借书的，便说，啊？我没借你书啊。周大荣听了我的话，显然更生气，他怒斥我道，没借？怎么可能没借？见过不守信用的，没见过你这么不守信用的，别的书也就算了，可那本伍莱芙尔曼的原版英文书，你一定要还我。我想了想，真的没借过他的书，更不要说英文原版了，况且，我的英文水平，还不足以读英文原著，便赌咒发誓，决没借。周大荣对我的话更加受不了了，和我大吵大闹起来，以至一直闹到系主任那里。一个说借，一个说没借，闹到最后，当然是不了了之了。唯一的功能，就是让整个系甚至全校都知道了，我借过他一本英文原著，而且是他曾经翻译过的伍莱芙尔曼的散文诗。

这件事的后遗症是，从此，周大荣在许多场合，都对我的人品表示怀疑，贪污他一本书事小，关键是，那本伍莱芙尔曼的原著，是他唯一的一本，据说，也是国内惟一的一本伍莱芙尔曼的原著。

这样一来，自然堵住了那些怀疑他翻译作品是"假托"的流言了。

周大荣依然教写作课，第二年，评上了教授。据说他评教授的重要筹码，就是那部翻译作品。

跑　墙

钱文革喜欢在墙头上奔跑。钱文革从自家的墙头上，一路跑过庞春娟家的墙头，再跑到王九家的树下——他们三家紧挨在一起，气味相通，院墙相连。这是 1979 年夏天开始的时候，14 岁的傻瓜钱文革，自动退学了——他一口气留了五个一年级。

王九家的墙拐上，有一棵大榆树，可能是两面临水的原因吧，榆树又粗又壮，枝叶十分茂盛。钱文革跑到树下，伸手捏一个洋辣子，拿在手里玩，一直玩到破了肚脏，才甩手扔到河里。

钱文革挺着肚子，往河里撒尿。河水响起快乐的哗哗声，让钱文革十分亢奋。但是，拿过洋辣子的手，把洋辣子毛沾到小鸡鸡上了，小鸡鸡先是痒，后是疼，再后就红肿了。

钱文革不仅喜欢在墙头上飞奔、撒尿，还喜欢在墙头上睡觉。墙头只有一尺宽，有的地方还堆着碎石子，有的地方还高低不平。可这算得了什么呢？他就睡在这些碎石子上，睡得很惬意，居然能一睡半天，有时还打着得意的小呼噜，流下晶亮亮的口水——他把墙头当着他家的大床了。

这一次，钱文革一边睡觉，一边抓挠腿裆，那里被洋辣子辣肿了，又痒又疼。

庞春娟在手帕厂上班，三班倒，下午四点，她下班回家，看到墙头上睡跟死猪一样的钱文革，嘀咕一句，这个傻瓜小革。又大声叫道，小革，你真傻啦？回家睡。

钱文革一动没动。

庞春娟没有急于把晾晒在院子里的花床单收进屋里。她站在花床单后边，让身体露出半边，待了两秒或三秒，再次看一眼钱文革，发现钱文革的短裤被支起来了。庞春娟"扑哧"一声，差点笑出声来。

庞春娟再看一眼钱文革支起的部位，心里莫名地慌一下，拿起靠在墙根的红漆澡盆，走进厨房。厨房里旋即响起哗哗的流水声。庞春娟让流水声继续响着，跑出来，顺手拿起院门后的竹竿，捅钱文革。庞春娟一边捅，一边说，小革，小革……

钱文革真的睡死了，他翻侧过身，拿脑勺、后背和屁股朝着庞春娟。庞春娟继续用竹竿捅他屁股。钱文革干脆"咕咚"一声，嘹亮地放一个臭屁。庞春娟拧着鼻子，再捅他一下。钱文革又放一个屁。庞春娟到底没有忍得住，骂一句，日你妈妈的。

庞春娟回身进厨房。旋即，流水声消失了。

庞春娟端出红澡盆，又从厨房拿出两只暖水瓶，把暖瓶里的热水全都兑进澡盆里。庞春娟在脱衣服之前，偷眼看看钱文革。钱文革像墙头上新垒的一块石头，只是短裤里伸出来的两条腿，有一条挂在墙里边。庞春娟又嘀咕一句，摔死才好！

庞春娟躲在床单后边洗澡，抄水声很轻——她怕把钱文革惊醒。庞春娟想好了，洗完澡，把家里偷来的花花绿绿的手帕拿到吴裁缝家，请吴裁缝为她拼一条裙子。花手帕拼的裙子，当然不能穿进厂里了，但在后河底街，还是可以穿的，那一定光鲜耀眼，就像这块花床单，也是手帕拼成的，引得多少人羡慕啊，隔壁王家大女儿，不是都眼馋死啦。庞春娟一边往身上抄水、搓灰，一边想着花裙子穿在身上的样子，两只手便犹豫起来，在平坦的小肚皮上滑来滑去，然后，轻轻托托下坠的乳房，突然有些伤感，什么时候乳房这么松啦？刚过三十岁啊，就像油瓶一样了，再往下坠，就拖到肚脐眼了。不会拖到脚面上吧？而且，乳晕也越来越深，不像往日那样粉红和细嫩了。

风吹动了床单，撩在庞春娟的肩头。庞春娟光顾审视自己的身体，没有注意床单只遮住她的眼睛，她脖颈以下部位是完全暴露的。庞春娟想到墙头上的钱文革，便掀起床单，偷眼看过去。她看到一双清澈而惊诧的眼睛。庞春娟的目光被那双眼睛弹回来，本能地往下扯床单，未曾想把床单给扯了下来——庞春娟完全暴露了。

庞春娟惊叫一声。

钱文革哈哈大笑着，一个翻身，不见了。

庞春娟呆呆坐在澡盆里，待了好一会儿。

庞春娟望着空荡荡的墙头，夸张地做一个怪笑的样子，笑意便一直留在了脸上。

庞春娟两手在澡盆里快乐地拍打着，水花四溅。她再次往身上抄水时，还哼起了小曲。

几天以后，庞春娟下班回家，喊墙头上的钱文革，小革，过来。

钱文革跑过来了。

看看，看看，好不好看？庞春娟晃晃腰，腰上是花手帕拼成的新裙子，花里胡哨地飘动着，圆领衫里的油瓶奶子也跟着晃动起来。

好看……钱文革嗫嚅着说。

你下来。

干么？

给你花生牛轧糖吃。

骗人。

不骗你。庞春娟说，你等等啊。

庞春娟跳着跑进屋里，果然拿出一把花生牛轧糖。庞春娟笑眯了眼，说，来呀，都给你。

半个小时——也许一个小时以后，钱文革从庞春娟家出来，再次爬到墙头上时，他已经一口气吃了十几块花生牛轧糖了。钱文革在墙头上跑了几个来回，最后在庞春娟家墙头上坐下了。钱文革一边吧唧吧唧地咬嚼，一边看庞春娟洗澡——她又洗澡了。这次，庞春娟没有用床单挡住自己。她就在钱文革的眼皮底下，晃着一双大乳房，一边往身上抄水，一边朝钱文革笑。哗哗的抄水声突然停了——庞春娟发现，钱文革深蓝色短裤，穿反了。

倒 立

　　同兴是在五岁时，第一次出现在后河底街的。一些细心的老居民，还记得他初来时的样子：躲在母亲深蓝色列宁装下，流着长长的清水鼻涕，对脚下的青石路面十分胆怯。

　　六岁时的同兴，牵着母亲的衣角，再一次出现在这条破败的街道上，一点也不感到生疏，仿佛与生俱来就和这条街道有关似的。其实，除了五岁时，来过一次后河底街，他一直生活在那个叫鱼烂沟的小村。幼年的同兴，记忆模糊，除了无拘无束、任由散漫、尿尿和烂泥，别的都记不得了。

　　同兴还不知道，这一次，他是随着知青大返城的潮流，和母亲一起来到后河底街，再也不回去了。后河底街不是母亲的故乡。母亲的故乡，在城市的另一角。

　　让同兴记忆深刻的是，那个第一次见到他，就把他打瘸了腿的男人，硬是把他的名字改了。他从此不叫李同兴，而叫郝同兴。

　　那个姓郝的男人矮脖、短腿、大鼻子、猪嘴唇，同兴一点也不喜欢。那时候，和大鼻子作对的种子，就在心里种下了。

　　他知道那个大鼻子男人为什么打他。他跳到他家花台上，打碎了一只水绿色花盆。大鼻子就把他揪过来，一顿猛揍。大鼻子是拿着一把铜笛子，抽他腿上的。大鼻子边抽边骂他杂种。"杂种，小杂种，再往老子花台上跳，把你狗腿敲断！"

　　同兴以为母亲会来救他。母亲不但没来救他，还哭着跑过来，把他拖到一边，狠抽他两记耳光。"你真不争气，你真不争气……"这是母亲的话。母亲骂完打完，哭得更凶了。

同兴挨打的事，被大左、金刚几个孩子看到。大左和金刚已经是三年级的学生了。他们对这个新来的孩子充满好奇。对他挨打，更是兴奋无比。当他们在巷口拦住同兴时，每人都想揍他一顿。

　　两年以后，暑假里，也在后河底小学读书的同兴，被大左一把拽倒在地，踢一脚，说："你把大鼻子那根铜笛子弄来。"

　　弄，就是偷。

　　同兴不敢偷大鼻子的铜笛。大鼻子的铜笛，那是专门打他的工具。大鼻子打他，一如第一回那样，凶狠，痛快，往死里打。同兴早就想偷了。同兴天真地以为，没有铜笛子，看大鼻子拿什么打。同兴也知道，如果偷而未果，那必定要被打得皮开肉绽。同兴不敢冒这个险。同兴不冒这个险，他就得被大左他们骑。同兴扮作一匹大马。大左也不含糊，他跨马扬鞭，骑着同兴，在河边的小树林里飞奔。可惜飞奔只停留在口头上。事实上大马的奔驰就像蜗牛，缓慢而拖踏。就算旁边有金刚用树枝抽打，也无济于事。金刚看不下去了，他把大左掀到一边，跨到同兴背上，两手揪住同兴的耳朵，做着飞奔起伏的动作。同兴累得实在不行了，他身子一塌，趴到地上，嘴里直吐白沫。

　　大左和金刚十分愤怒，对这匹不争气的大马施以拳脚

　　金刚拎着同兴的腮帮，把同兴的腮帮拽有一尺长。金刚大声问他："你不会爬？难道你不会爬？"

　　"他没有腿，怎么会爬。"大左低头奚落道，"你是不是没有腿？"

　　同兴没有说话。他脑子里像一团糨糊。

　　"他说他没有腿。"大左对金刚说。

　　"好，他今天要用腿走路，就把他腿砍了。"金刚说。

　　这句话，同兴听到了。同兴怕自己没有腿。但除了用腿走路，实在没有别的办法了。因此，同兴那天的腿上，被树枝和鞋底，抽成一条青棍。

　　同兴实在不能用腿走路了，他索性两手撑起来。

　　连同兴都惊诧自己的天赋，他居然可以倒立行走了。在那天黄昏时分的小树林里，后河底街不少人都看到这一幕，都看到同兴像马戏团里玩把戏的小丑一样，两手撑在地上，行走在小树林通往后河底街的一条

小巷里。在同兴的两边，分别行走着大左和金刚。大左和金刚一人拿着一根树枝，一人拿着一双拖鞋——那是同兴的拖鞋。如果同兴走慢了，或走歪了，或双脚落地了，大左的树枝或金刚的拖鞋，就啪啪抽打在同兴的腿上。

那天，后河底街的天空黄橙橙的，宛如一片黄铜。以手当脚，倒立行走的同兴，第一次发现后河底的天空是这样的黄色。他还发现他身边的大左和金刚，是倒立行走的。这也让同兴特别惊奇。

十年后，后河底街发生一起激烈的流氓群殴事件，造成一死一伤的严重后果。据说，死者是同兴俱乐部的小兄弟，而伤者，是大名鼎鼎的金刚。金刚不是一般的伤，他的两根腿筋被挑了。金刚的两条腿，完全成了摆设。

又过半年，人们看到的金刚，是用两只手行走在后河底街高低不平、脏水横溢的街道上的。金刚的家人，给他配一副双拐，还给他配一辆轮椅。但，金刚坚决不用这样的辅助工具。他执意要用手，倒立着行走。

金刚成了后河底街一道独特的风景。只是，没有人知道，这样行走的金刚，会想起同兴，想起同兴十年前的行走姿势。也会想起现在的同兴，同兴二十年的刑期，才刚刚开始。

金刚的眼角，流下两行泪。

金刚品尝不到泪水的滋味。因为泪水无法流到嘴里，而是滴到地上了。但是金刚真切地品尝到心里的滋味了。

竹梯子

后河底街的孩子们喜欢在春天里掏麻雀。

春天的麻雀，对后河底街有一种特别的迷恋，它们成群结队地从河面上呼啸而过，落在后河底高高矮矮的杂树和屋顶上。众所周知，后河底街的房子，都是低矮的红砖瓦房。瓦屋檐下有无数神秘的小洞，那是麻雀们做窝、安家、生儿育女的好场所。当然，也为孩子们抓它们提供了方便。

椿年、大左还有建军他们，在春天里抬着竹梯子，穿梭在后河底密如蛛网的小巷里，挨家挨户地在瓦檐下掏麻雀。他们能掏到麻雀蛋，也能掏到光屁股的小麻雀，如果运气足够好，还可以掏到孵蛋的老麻雀。但是，他们在周秋月家的屋檐下，掏到了一条蛇。周秋月是后河底有名的狐狸精，喜欢奇装异服，喜欢吊着嗓门哆嗦着说话，喜欢把家里大门经常紧紧关闭。但是紧紧关闭的门里，却常常传出说笑声。

那天放学后，椿年和大左抬着竹梯，在几条巷子里穿梭，他们从扁担巷，一路跑到周秋月家。椿年和大左并不知道这是周秋月家的青砖瓦房。他们只是看到这家的屋檐有些矮。关键是，他们看到一只麻雀，飞到这家屋檐下，不见了。大左就把竹梯子靠上去。竹梯子有些年头了，嘎吱嘎吱地响。大左命令椿年扶稳竹，自己就嘎吱嘎吱地上去了。嘎吱声惊动了屋里的女人，她大声喝问，谁，谁？探身出来一个俊俏的女人，她抬眼就看到露出半截身子的大左了，你……你谁呀你？大左停止攀登，他对着院子说，掏麻雀。对方噫一声，掏麻雀？不要命啦？那天前河沿几个孩子掏麻雀，掏出一条蛇来……钻嘴里了……又钻到肚子里……你还敢来掏麻雀，快滚！

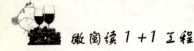

这事经大左和椿年几次吹牛，变成他们在狐狸精周秋月家掏出一条蛇了。

杂货店老顾把头伸出窗外，冲抬着竹梯狂奔而过的椿年和大左喊，不要命啦？蛇都掏出来了，还掏。

椿年和大左根本听不到哇哇乱叫的老顾说什么。老顾的话还不如麻雀拉的一泡屎。

在红旗巷，他们迎面碰到牙医董医生，他慌张地从大国防自行车上跳下来，贴墙站着，让椿年和大左过去。但是竹梯子还是碰到了牙医。牙医骂道，作死啦……还去掏麻雀？有孩子叫蛇咬了。椿年和大左听了，哈哈大笑。

椿年和大左就是去周秋月家的。就是到她家屋檐下掏麻雀的。椿年和大左对掏一条蛇充满期待。他们已经准备一只玻璃罐头瓶，准备把抓住的小蛇养起来。不知怎么想的，椿年和大左认定能掏一条小蛇，而且是小花蛇。但是，当他们把梯子轻手轻脚靠在周秋月家屋头时，大左有些动摇了。大左呆呆地盯着椿年，说，你上。椿年犹豫一小会儿，说，讲好的，把嘴并起来，咬死了牙，蛇钻不到肚子里。椿年还示范一下。大左狠狠心，踩着竹梯子，一脚一脚上去了。大左居然没有把竹梯踩出声音来。在大左脑袋超过墙头时，他下意识地歪头看一眼周秋月家的院子。大左这一看不打紧，他看到周秋月家的石榴树下，蹲着一个人，乍一看，这个人完全光着身子，抱着脑壳子。大左腿软了。大左刚想把头缩下来，看到那个人把嘴里的烟头吐到地上。冲着门说，你真要冻死我啊？大左熟悉这声音，哈，对了，他是煤球厂郝会计。大左兴奋了。大左决定要把这个惊人的发现告诉椿年。大左还没有说话，就看到几件衣服从屋里扔出来，散落一地。郝会计去捡衣服时，大左看到郝会计不是光着屁股的，他还穿一条裤衩。但是，当一件衣服扔到郝会计头上时，大左忍不住笑了。这一笑，引来郝会计慌张的目光。

两个少年抬着竹梯子疯狂奔跑在后河底的街巷里。

你看到什么啦？前边的椿年喘息着问。

后边的大左哈哈大笑，说，我看到什么啦？哈哈哈，告诉你吧，我看到你爸了。

他们在安全地带扔下竹梯子。是椿年先扔下来的。竹梯子落在地上，痛苦地呻吟一声。

大左说，你不信？真的是郝会计。

椿年当然不信。椿年没有再和大左抬竹梯，他一个人勾着头跑了。

1978年春天一个雨后初晴的星期天，大左突然发现他家竹梯子没有了。竹梯子就放在他家过厅里的。谁会偷走一条破旧的竹梯子呢。几天前他还和椿年抬着竹梯子到处掏麻雀。不过一场小雨，竹梯子就没有了。大左又到院子里，到各个房间转一圈，依然没看到竹梯子。大左很失望。大左抬起头，正好看到几只麻雀从他家屋顶上飞过。

大左在杂货店门口碰到椿年，碰到建军，还有哑巴家的小儿子。椿年没有看到大左扛着竹梯子来。椿年刚要问，那边的老顾笑了。杂货店的老顾哄哄笑几声，像放屁一样响，然后，大声说，看你们还掏麻雀，梯子呢？一把破梯子就想上天！

中午以后，大左和椿年，还有建军，当然还有哑巴家的小儿子，都一致认为，竹梯子一定叫老顾偷走了，要不，老顾为什么那么快乐？

没有竹梯子，他们就往河边跑。黄昏时分，当他们从煤球厂门口跑到河边，看到河里漂着已经散了架的竹梯子时，几个孩子兴奋地大呼小叫。他们纷纷找来棍子和石块，试图把支离的竹梯子捞上来。但是，他们费了九牛二虎之力，也只捞上来一根短短的竹竿。

水旱鞋

那年夏天，后河底街上，流行一款怪异的鞋——水旱鞋。一开始，水旱鞋只在中老年男人的脚上流行，后来才发展到个别年轻人也喜欢穿了。一时间，后河底街长长短短、弯弯扭扭的巷子里，到处留下水旱鞋的印迹。

水旱鞋制作工艺非常简单，鞋底的材料是平板车车轮的大皮，也就是外胎，用快刀削割、整平，筋带是用同样的材料，用细小的铁钉，配以尼龙线，纳钉而成。这么说你就知道了，水旱鞋实际上是凉鞋。后河底街的老人，称透风鞋。制作这款鞋的，当然是小皮匠朱三疤了。朱三疤大名叫什么，没人去关心。三疤的名气太响了，谁还在乎他大名呢？

三疤在"批林批孔"最热闹的那年春天，开始水旱鞋的制作。

有人看到他做的水旱鞋，想买一双，问："水旱鞋卖不卖？"

"没有。"

"那儿，不是好几双？"来人指着皮匠摊边的鞋。

"不卖。"

"不卖？好几双呢，为啥？"

"不为啥。"三疤低着脑壳，快把头低到裤裆里了——他在用铲刀整理鞋底。同时，他也在等一个人。

对，你猜对了，他在等乔兰英。

乔兰英骑一辆二六式凤凰车，正从巷子里拐进来。"凤凰"已经破旧不堪了，除铃铛不响，其它地方都哐当哐当的，特别是车筐里的饭盒，更是叮叮当当。乔兰英也像"凤凰"一样，失却了往日的华丽和温润。是啊，她在短短的两三个月里，苍老得不像样子了，双眼皮双到眼下边，脸上的肉坠下一圈。其实，她才三十多岁，不久前还风韵犹存，不久前，三疤还把她挡在皮匠摊的布帘后，快活了一把。可也是不久前，老吴不行了。老吴是乔兰英丈夫，在街道运输队拉板车，说不行就不行了，住进了医院。

老吴和三疤不是好朋友，但也不是死对头。老吴有一天拉着板车回家，路过三疤的皮匠摊前，对三疤说："要过五一了，天说暖就暖了，三疤你帮我搞双鞋。"三疤没好气地说："搞什么鞋？破鞋啊？找你家女人去。"老吴说："不开玩笑，你看我脚上这双解放鞋，一个月不到，踏透了，你给我搞双水旱鞋——看看，就用这大皮，你有办法，搞一双，我从五一穿到十一，能省三双解放鞋，一双三块半，三双就是十块半。"老吴说着，把板车上的十几只旧外胎，扔到三疤的摊子上，"剩下的，都归你。"

老吴走后，三疤对着大皮，琢磨了一会儿，觉得三疤的话有道理，可以做成水旱鞋。

但是，老吴还没看到水旱鞋是什么样子，就病重住院了。

三疤信守诺言，一直给老吴留着水旱鞋，一挨出院，不耽误他穿。

乔兰英的凤凰骑到三疤的摊前，停住了。

"老吴要出院啦？"三疤抬起头来，问乔兰英。

"还没，几天了，滴水未进，医生催我办出院手续——其实是不能治了。"乔兰英说。

"缺钱？"

"不缺。"乔兰英眼圈湿了，"他醒过来就问水旱鞋，我告诉他，你都做三双了。"

"你再告诉老吴，我已经做四双了，够他穿几夏的。你再告诉他，就说三疤等他来取鞋。他狗日的要是敢不来取，我就取他女人当老婆。"

乔兰英苦笑笑，眼角"唰"的涌出一行泪，说："后半句不能告诉他。"

"不告诉也行，你知道就好……老吴，好人啊。"三疤叹息道，"可惜你肚子不争气，没给老吴留下一丁半子。"

"别说了……"乔兰英哽咽着，"老吴就是不走，可能有心思……"

"癌症就这么厉害?"三疤想想,"可能放不下你,也可能想杀我。"

"他不想杀你,他……他不知道我们俩的事。可他说了……"

"说啥?"

"说你是好人……"

三疤歉疚地噢一声,"老吴啊,他还想继续拉板车啊……照我话说,我给他准备的水旱鞋,够他穿三十年的。"

"没用的……他知道自己……唉,多活一天,多受一天罪……"乔兰英再次苦笑笑,推着车,回头望一眼三疤,走了。

三疤不知乔兰英跟老吴说了什么话,当天夜里,老吴平静地走了。

后来,乔兰英拿了一双水旱鞋回家,自己穿了。

再后来,后河底街上,这种怪异的水旱鞋,开始流行起来。三疤的鞋摊前,多了一个帮手,她就是三疤的新媳妇儿乔兰英。

 # 偷 布

对于老裁缝吴干来说，一天时间实在太短暂。每天24小时，就像不小心放一个哑屁，不惊不动就结束了。原因说起来，是他有做不完的衣服。也难怪，倘大的一片后河底街，只有他一个裁缝，大人小孩、男男女女的衣服，全靠他一双手。

吴干天生一张裁缝脸。

什么样的脸是裁缝脸呢？大家知道火刀脸，知道葫芦脸，也知道瓜子脸。但是，裁缝脸，如果你没生活在后河底街，你是怎么想象都想不出来的。而在后河底街，只要有人说，你看你，一张裁缝脸。大家就知道了，此人的脸，必定拉得很长，长得都拖到脚面上。

简单说吧，裁缝脸，就是一张生气的脸。

吴干从早到晚，都是生气的样子，一张猪肚脸、死鱼眼，嘴角线条往下弯，短而平的下巴拼命向上蹿，差不多要把嘴巴挤到鼻子上边了。就算是漂亮小媳妇，来找他量体裁衣，他也一样板着脸，搭拉着眼皮，拿着软尺，在人家身上比划着，一双灵巧的大手，有意无意会碰到小媳妇的胸部。小媳妇当然也不好意思躲闪，心思只有一个，怕对方做衣服不出心，大小一般都合适，他量得又细又准——怕吴裁缝贪污布料。

古人云，伙计善于揩油，官僚善于刮刷，裁缝善于偷布。有哪个裁缝不偷布呢？何况这个解放前就是裁缝铺小伙计的吴干，偷布的手段更是高超，没有人知道他是怎么把布给偷下来的。不论是谁，来取新做好的衣服，在新衣服一边，另裹一个小布卷，那就是剩下的布料，卷好让其带回家的。可大家还是心知肚明，布料一定被他偷了。因为，隔着一条巷子的张三娘家，又晾出新床单了。

张三娘家的床单，还有枕套、围裙、窗帘，甚至裤衩，都是碎布拼的。就连张三娘九岁女儿小梗的夹袄，也是花花绿绿的碎布拼接而成。张三娘不是裁缝，也不在服装厂上班，更没有会结布的树。张三娘家肯定没有那些崭新的碎布。碎布当然来自吴裁缝了。

其实，张三娘一点也不隐瞒她和吴裁缝的关系，有事没事就到吴裁缝家串门，聊天，看吴裁缝做衣服，跟吴裁缝打情骂俏。吴裁缝住的小巷，又偏又窄，几年前，他被街道革命群众揪出来批斗时，因为人多，把他家一堵墙挤歪了，到现在还歪在那里。

那时候的张三娘，就站在挤歪了的那堵墙下，一边看热闹，一边也学着红小兵，抓一把碎石子，塞到吴裁缝的衣领里。对于有人把一团破麻袋塞到吴裁缝的裤裆，张三娘也笑得前仰后合。

张三娘到吴裁缝家串门，三句两句闲扯篇之后，就要提起破麻袋塞裤裆的事。张三娘伸出两只手，夸张地比划着，一边咯咯笑，一边说，你裤裆里的家伙，突然这么大，这么大了……乖乖这么大，天啦哈哈哈……笑死我啦。

吴裁缝不觉得有什么好笑，他从缝纫机上，或裁衣案上，抬起头来，走一两步，到张三娘面前，用手中的直尺，把她衣服挑了。吴裁缝手中的直尺简直是一根魔棒，干净利落地把张三娘身上的衣服挑光，直到剩下最后一件三角裤衩。吴裁缝这时候要停下来，端起杯子，喝口他泡制的中药茶，欣赏片刻——那是他亲手用碎花布拼起来的三角裤衩，像万国彩旗一样鲜艳，在张三娘的身上光芒四射。这时候的张三娘，脸热心跳，魂不守舍，情不自禁就倒到裁衣案上了。

吴裁缝和张三娘的事，后河底街上尽人皆知。谁家婆媳妇嫁女儿，要是缺少布票，都要到张三娘家去借。因为她家不用布票。所以，张三娘的人缘并不差，家里常常会有街坊去串门。杂货店的老顾，就是张三娘家的常客。

有一天，老顾扯了几尺布，到吴裁缝家做裤子。

吴裁缝对老顾印象不好。几年前，老顾和张三娘的丈夫、那个在几百里外白集煤矿挖煤的大喜，把吴裁缝吊在巷口那棵老芙蓉树上，吊了一整天，把他尿屎都吊到裤裆了。但是，老顾找吴裁缝做衣服，也不能不做啊，有一块钱可以挣的。何况，还有布头可赚呢。吴裁缝就拿软尺给老顾量裤腰。吴裁缝就在量裤腰时，看到老顾屁股上露出半截花裤衩。吴裁缝一眼认出来，老顾的花裤衩，不是老顾的，是张三娘的。吴裁缝不放心，把老顾的裤子往下拽拽，果然是张三娘的花裤衩。那用一块块花布头拼接而成的花裤衩，对于吴裁缝来说，太熟悉了——是他亲手用赚下的布头拼成的，而且是照着张三娘臀围的尺寸裁剪的。张三娘的花裤衩怎么会穿到老顾身上呢？

吴裁缝心里有了数。

几天后，老顾来把裤子取走了。

老顾前脚走，后脚又回来了。老顾回来时，身上穿了新裤子。新裤子太瘦，也太短，裹在腿上，吊在腿肚了，就像老顾从哪里偷来似的，怎么也不合身。老顾怒火万丈，一照面，就大骂吴裁缝是偷布贼。老顾大声骂道，你偷布偷红眼了，我六尺半布料，你就给我做这点小裤子！有给人穿小鞋的，没听说还有穿小裤子的。

吴裁缝也不急，他抬起头来，下巴往上提提，像是撮鼻子，然后，才不紧不慢地说，没错，布是我偷的，我当然要偷布啦。我不偷布，你能有花裤衩穿？

什么花裤衩？

你自己裤子里的，刚才换新裤没看见？

老顾愣住了。老顾的确穿了一条花裤衩，也知道花裤衩的来历。老顾看着吴裁缝，半天没说出话来。老顾的老婆是个母夜叉，凶得狠，在五十里外的港口上班，一周才回家一次。母夜叉每次回家，都要揍老顾一顿。母夜叉揍老顾的理由很多，煤烧多啦，床没叠好啦，碗少一只啦，衬衣脏啦，反正随便找个借口，就把老顾揍得鼻青脸肿。这么说吧，母夜叉打老顾就跟捏面团一样方便。

吴裁缝说，明天是周五，后天晚上，你老婆就回来了吧？

老顾知道吴裁缝话里的意思，也知道这次白白叫吴裁缝敲了竹杠子了。老顾恶狠狠地盯一眼吴干，哼哼唧唧地骂一句，走了，还差点叫门槛绊一跤。

回来。吴裁缝大叫一声。

老顾小腿肚一抖，站住了。

吴裁缝说，我看你腿上这条裤子，不能穿了，后天，你家那位可就回来了，要把你鼻子揍青的。还不如让我帮它改一下。

老顾回转头，问，改一下？

是啊，改成女裤子，怎么样？吴裁缝狡黠地一笑，女裤，可以送人。

送人？送给谁？

吴裁缝头都不抬地说，还有谁？张三娘啊，送你花裤衩的人。

老顾想一会儿，说，好吧。

一会儿，老顾把新裤子送来了。老顾差不多带着哭腔说，改吧。吴裁缝，你狗日的太狠了，光听说裁缝会偷布，没听说像你这样，把一条男裤，偷成一条女裤。

又过几天，老顾来取裤子。吴裁缝照样不抬头，冷冷地说，裤子？什么裤子？我可不欠你什么裤子。

老顾急了，他几乎要跳起来，大声嚷道，我让你改的裤子，那条女裤！

噢，那条女裤啊，昨天张三娘来，给她了，她穿了正合身，嘴都喜歪了。还有啊，张三娘试裤子时，我看到，你那天穿的花裤衩，又穿到张三娘身上了。

老顾听了吴裁缝的话，铁青着脸，睁圆了眼，黄眼珠几乎要掉下来。老顾尖着大嗓门，想跟吴裁缝叫几声。可他什么也没叫出来。

老顾走出吴裁缝家大门时，在心里叫道，你凭什么……凭什么拿我裤子送人情？狗日的吴裁缝，偷布偷成精啦，我一条男裤，被你偷成女裤，现在连女裤都没啦……

裁　人

　　"大喜娘"是一个奇怪的称呼。大喜娘是张大喜老婆，而不是张大喜的娘。在后河底街，只有张大喜老婆，才有这样独特的称呼。

　　张大喜远在白集煤矿上班，在几十米深的井下挖煤，号称煤黑子。大喜又吃烟又喝酒，挣几个钱，还不够自己花销的。拨乱反正之后，煤价上涨，大喜有了奖金，觉得这些年亏欠大喜娘母女太多，便每月汇十五块钱回家。大喜娘有了十五块钱的收入，头上好像多了十五个太阳，金光灿烂，笑笑眯眯。

　　老顾要是在杂货店门口看到大喜娘笑，会问，大喜又汇钱来啦？

　　屁，大喜又不是银行，哪能天天汇钱啊？

　　老顾笑道，那你笑什么？

　　看到你啦，能不笑？

　　我不是财神，长得也不像人民币，有什么好笑的。老顾看杂货店门口没有人，便把左手握成一个圈，吐口唾液在圈里，右手中指往圈里插几下，发出放屁一样的声音，下流地说，来呀，痛快一下子哈。

　　大喜娘骂道，没出息的货，除了跟老娘玩手指，你还有没有别的本事？老娘没空，老娘要去米站，买几斤白面，包馄饨吃。

　　大喜娘就是从米站回来时，看到家门口两个身穿中山装的人。大喜娘还不知道，他们是来告诉大喜娘，张大喜死了，死于瓦斯爆炸。

　　大喜娘头上的太阳，瞬间灭了。

　　哭哭涕涕闭门不出好几天的大喜娘，在街坊的劝说下，重又出现在后河底的街头巷尾了。

大喜娘还和以前一样，如果不去米站买细粮，就去老顾的杂货店，买袋瓜子磕磕。瓜子也多半不花钱，都是老顾随手扔给她的。老顾对倚在门框上的大喜娘，经常做着他常做的下流手势。大喜娘看了，撇嘴一笑，身子扭，屁股晃，就进了老顾的杂货店。

　　大喜娘从老顾家杂货店出来时，手里不是多了一瓶酱油，就是一包三道酥，总之，是不空过的。有人会多嘴地问，买糕点啊？大喜娘呵呵笑道，小梗要吃。

　　小梗是大喜娘的女儿，十三岁了。小梗常常放学到家没有饭吃。小梗放学的时间是下午四点钟，四点钟怎么会有饭吃呢？可小梗偏偏就要在四点钟找饭吃。小梗找不到饭吃，也不吃这些糕点。小梗就到杂货店门口喊大喜娘。十有八九，小梗都能喊到大喜娘。也有喊不到的时候，小梗就去米站。小梗就在米站门口，把大喜娘给喊出来了。

　　但是今天，小梗没有去杂货店，也没有去米站，而是去了吴裁缝家。小梗不知道她母亲在哪里，也许在米站，也许在杂货店，也许在河边茶楼听戏。小梗不去想了。小梗只想一件事，赶快把手里这件破衣服还给吴裁缝。被小梗称作破衣服的，是她自己的衣服。这件衣服，小梗去年还特别喜欢，还经常美滋滋地穿在身上，还经常在同学们中间炫耀。这是一件全部由灯芯绒拼成的上衣。灯芯绒有红的，紫的，绿的，黄的，还有更洋气的咖啡色，这些五颜六色的灯芯绒，拼成一件女式童装，真的很好看，小梗穿在身上，显得活泼而纯真。但是，小梗只在去年春天时穿过几天，到了暑假开学，就小了，不能穿了。小梗还失望了好几天，还央求母亲，去找吴裁缝再做一件。可小梗很快就讨厌了这件衣服。还是在今年春天时就讨厌的。小梗对这件破衣服，做过三种打算，一种是，放在蜂窝煤炉里烧了；二是拿剪刀，剪碎了；三是扔到厕所边的垃圾箱里。可小梗没有这样做，而是想当面还给吴裁缝，最好砸到他那张奇丑无比的脸上。

　　吴裁缝家住在小巷底部，很别扭的一个破地方。小梗小时候，也就是去年之前，跟着母亲来玩过几次，捡过好看的花布条，捆在一起，当毽子踢。小梗还好奇地问过母亲，吴裁缝的下巴，怎么叫嘴巴给吃啦？小梗害怕吴裁缝的脸，吴裁缝的脸，比裁坏了的衣服还难看，小梗每看一次，都会吓得不敢说话。但是今天，她一点也不怕，她就是要把这件灯芯绒上衣还给吴裁缝。

吴裁缝家的门关死了。吴裁缝家的门是那种上半截有玻璃的门。后河底街许多人家都是这样的门。小梗推一下，没推开。小梗就从玻璃向里望。玻璃的里边，挂着一块布帘。这块布帘也是用碎布头拼成的。小梗家也有这样的布帘，不是一块，而是三块。小梗睡觉的小床头，那扇小窗户上，也挂这样的布帘。当然，小梗家的三块窗帘，早在两个星期前，就被小梗悄悄扯下来，扔到河里了。

小梗什么也望不见，想把怀里的衣服扔在吴裁缝家门口。但是，小梗又望见了。小梗从门缝里望见了。门缝太细，小梗只能望见裁衣案上，堆着一堆花花绿绿的破布条。破布条一颠一抖的，还响起"哇，哇，哇……"的怪叫声。

小梗用力推门。小梗其实并没用多少力气，门就被推开了。

眼前的景象，把小梗吓呆了。小梗看到，吴裁缝拿着大剪刀，正把一块花布剪碎。吴裁缝的大剪刀闪闪发亮，咔嚓咔嚓地响。在卡嚓声中，一条一条的花布条，从吴裁缝手中纷纷掉落下来，堆在裁衣案上，堆成了小山包。小梗吓得尖叫一声。小梗是被吴裁缝吓着的。吴裁缝一丝不挂，样子特别恐怖。小梗的尖叫，同样把吴裁缝也吓得不知所措。吴裁缝慌不择路地钻到裁衣案下。

小梗的尖叫，把裁衣案上另一个人也吓得跳起来。那是一个女人的身体，赤裸全身，披头散发，肚子上堆着的，正是吴裁缝剪碎的花布条。

小梗看到散乱的头发后边，正是母亲大喜娘一张赤青的脸。

大喜娘从裁衣案上弹起来，推开肚皮上的布条，又一把搂了回来，看当门站着女儿小梗，跳出来的心又跳了回去。大喜娘捂着胸窝，说，亲妈妈呀，小妖精，你要吓死我啊？

小梗看清了，也冷静了。小梗说，你才是我亲妈妈呀……你……你……

我在裁衣啊。大喜娘把一堆碎布条抱着，挡住小肚子，两只乳房搭拉着，左乳上还粘着一块花布，凌乱的头发上，也接连掉下几块花布条。大喜娘对自己的话显然没有信心，只好将错就错，结巴着说，裁衣……

我在裁衣……裁衣……

　　小梗眼里噙着泪，把话憋在嘴里，把脸都憋红了，半天，才把手里的灯芯绒裤子扔到母亲怀里，说，裁衣……裁衣，我看你是裁人……

火 花

　　二套对于火花的爱好，完全是一个偶然——住在前河沿的表哥老虎，一次送他几十张火花，装在一只精美的饼干盒里。二套受宠若惊之余，对老虎表忠心："狗日的椿年，还有大左他们，经常到陇东火柴厂北墙根潜伏，那里有绿头蛐蛐，还有土鳖虫。"老虎听了，望望天上的太阳，脸上刚刚萌芽的青春痘又大又红，在阳光下鲜艳夺目。老虎想了片刻，说："一群屁孩，叫他们玩吧。"说罢，把手里一枚瓦片，劈进河里。瓦片在河面上"嚓嚓"跳了几跳，沉进河底，仿佛人生的一个片断，结束了。

　　就这样，二套意外得到一盒精美的火花。

　　二套对这些火花视如珍宝。他把饼干盒藏在枕头下边，经常拿出来，小心打开，取出火花，一张一张摆在床上。这些精美的图案，让灰暗的床铺一下鲜亮起来。看久了，二套也能看出一些毛窍来，有的火柴厂的火花是以人物为主，有的以动物为主，有的以花卉为主，有的以建筑为主。有几张天津火柴厂的京剧脸谱，他特别喜欢，还有扬州火柴厂的小猫系列和常熟火柴厂的刺绣系列。二套找到一张陇东火柴厂的火花，图案上的宝塔是黄色的，有"花果山"三个蓝色草字，横竖看几眼，也还不错。

　　二套把饼干盒抱在怀里，跑过红旗巷，穿过扁担巷，拐进裤腰弄里。美人凤花，就住在裤腰弄最底头。二套知道，美人凤花腿残了，在家里糊火柴盒。二套还知道，凤花和姐姐是好朋友。凤花的两条腿没给火车切下来之前，就和姐姐大俊丫是好朋友了，她们俩都是后河底小学六年级的学生。二套在凤花家门口，从爬满茑萝的大门，向院子里张望。凤花果然在走廊里糊火柴盒了。凤花的父母都是陇东火柴厂的工人，可以走关系，把厂里的活领回家干。凤花别的不能干，糊火柴盒，还是快手。她没有两条腿了，手上的功夫就特别巧，一分钟能糊好几个火柴盒，一只火柴盒有几厘钱的赚头。大俊丫就夸过凤花，算算吧，凤花一个月的收入不少呢。二套对凤花赚多少钱没兴趣，他是想跟凤花要几枚火花的。大俊丫看二套玩火花时，告诉过二套，说陇东火柴厂的火花，有孙悟空、猪八戒、沙和尚三兄弟，彩色的，好看死了。

二套怕被凤花看去心思，护着火花不给他，便把头缩下来。不知为什么，他并不是要做小偷，却像小偷一样紧张，心里"突突"地跳，还向后望几眼。二套的身后有一只小猫，沿着墙根悄悄走来，别的什么也没有了。

二套再次抬起头来，看到凤花趴在桌子上，样子像是睡着了。凤花坐在轮椅上，轮椅旁边是一只大纸箱，纸箱里装着糊好的火柴盒，堆得冒尖了。在桌子上，还有小山一样的纸片片，窄窄的，其实那就是待糊火柴盒。那块硬竹板，还有一瓶糨糊，也是糊火柴盒的工具。孙悟空三兄弟的火花会在哪里呢？二套没有看见。二套只看到凤花的脸埋在两条胳膊下边，一根又粗又长又黑的大辫子，放在桌子上，还弯几道弯儿。

二套轻轻推开院门，轻手轻脚走到廊沿下边，在那只大纸箱旁站住了。他到处看看，大纸箱里的一只只火柴盒上，根本没有火花（那应该是另一道工序），更不要说孙悟空三兄弟了。二套有些失望，对姐姐不准确的情报略略抱怨。但是他没有立即走开。他再次被凤花的辫子吸引了。凤花的辫子比他姐姐大俊丫的辫子还粗，还黑，还长。姐姐梳头时，他会拿姐姐辫子玩。姐姐会呵斥道："死一边去，闹人。"要不，就喊："妈你快来，弟弟又闹人了。"二套只好跑开了。但是，凤花家没有人。她爸爸妈妈都上班了。凤花也睡着了。拿拿凤花的辫子该会没人管吧？二套脸上出现了笑容。二套放下手里的饼干盒，拿起凤花的辫子。凤花的辫子沉沉的。二套从根部，向下顺，一直顺到辫梢。二套感觉凤花的辫子像水一样流淌在手上，柔柔的，软软的，滑滑的，快乐的。二套早已忘了没拿到火花的不快。

但是，凤花的辫子突然散了——那根皮筋扎得草草了事，太马虎了，滑落下来，几花辫子散在二套的手里。二套慌了，捧着凤花的辫子不知所措。

二套还是平静下来。二套把散了一半的辫子，放在桌子上。二套顺着辫花，开始编辫子。那是凤花的辫子。二套笨拙的手，费了九牛二虎的力气，总算编好了。二套看看，实在和原来的不一样。二套想拿起辫子重编一次。但是二套看到凤花的肩膀抖动一下。二套不敢再动了。二套小心地按照先前的样子，把辫子摆好。看看，觉得那弯的弯儿不够大，又重新摆一次，这才抱着饼干盒，轻手轻脚地跑了。

凤花抬起头来，她满脸通红地笑着，烟霞一样灿烂。

"回来。"凤花叫道。

二套收住脚，只好乖乖回来了。和无数犯错的孩子一样，二套噘着嘴，等着责备。但是凤花并没有责备，而是问："几岁啦？"二套说："十……十一岁。"二套想把自己说大一点，这样对方不敢打他了。二套后悔没说自己是十五岁，如果像表哥老虎一样大，他谁都不怕。二套壮着胆子说："前河沿老虎……是我表哥，我姐都怕他。"凤花不理这个碴儿，她从胳膊底下抽出一张花纸——天啦，是一版火花，孙悟空三兄弟的火花，崭崭新。凤花说："拿去玩——送给你的。"

二套是蹦蹦跳跳从凤花家出来的。

儿 子

从医院回来的路上，庞春娟把眼泪流干了。

老屁蹬着三轮车，肩膀左右摇晃的幅度很大，似乎故意不在乎。

只有庞春娟知道自己男人，他肩膀越晃，心里的事越重，说不定，他心里也在流泪呢。

三轮车行驶在后河底高低不平的石板路上，速度飞快，颠得庞春娟肚子疼。庞春娟也不说什么，看他并不像以往那样，小心选择相对平坦的路面，而是照直了骑去——就算有一块石板翘起来，也不去躲避。庞春娟心里的悲伤，渐渐转成愤怒。庞春娟再看老屁把肩膀晃成了花棒，更像故意一般。庞春娟心里气就膨胀了。

老屁不知道庞春娟生气，车子颠进洋桥弄时，还咕咚咚放了一串屁，臭得庞春娟没到院门口，就跳下了三轮车。

庞春娟是一脚踢开院门的。

老屁在门口放好车，笑容可掬地说，咱们抱一个吧？抱个儿子养。

庞春娟把手里的诊断报告书砸到老屁脸上，吼道，不抱！你什么意思啊李家飞？故意恶心我不会生啊？这下你心里畅快了吧？我什么时候抱怨过你？啊？我一直以为问题出在你身上，一直以为你长一根清水鸡巴。可我抱怨过你吗？

没。老屁摇摇头，摇得像拨浪鼓。

我让你去检查你都不敢去。你为什么不敢去？

我怕我是清水鸡巴。

要不是我硬拖你去检查，你能知道是我问题吗？

不知道，我一直以为是我……

抱个儿子，亏你想得出来。你以为抱个儿子就跟你姓李啦？

老屁赔着笑脸，低三下四地说，我是说着玩玩的。

有你这样玩的吗？

都是我不好……

庞春娟眼泪又涌出来了。庞春娟哽咽着说，我这一辈子……算废了……跟你结婚五年了，我天天委屈，以为一朵鲜花插在牛屎上，没想到是一朵鲜花……你连牛屎都不是。

是，我不如牛屎。

庞春娟继续哽咽着，隔壁老钱家养了儿子，名字也好听，钱文革，有钱，有文化，又革命，有什么用？都十几岁了，到处找鸭屎吃，留了几年一年级，还让老师退了学，有屁用？

不如屁，放个屁还臭臭人。

知道就好，把钱文革给你做儿子，你要啊？

不要。老屁在庞春娟的屁股下放一张凳子，赔着笑脸说，我错了，我一时糊涂，咱不要儿子，好吧？

谁不想儿子啊……庞春娟终于痛哭失声了。

老屁慌了爪子，他绕着庞春娟的凳子转圈，一连转了十几圈，嘴里还不停地说些哄人的话。可老屁不会说话，再怎么说，也哄不好庞春娟。

庞春娟越哭越伤心，连凳子都坐不住了，滑在地上哭。

老屁起初还帮他擦眼泪。可那眼泪越擦越多，越擦越肯涌。

老屁擦累了，灵机一动，说，好老婆好老婆你不要再哭了，我当儿子，好不好？我不去煤球厂送煤球了，我专门当你儿子，好不好？儿子是什么？儿子不就是男人么？儿子不就是腿裆多个把儿么？我是男人，也有个把儿。我做你儿子正合式，我做你儿子，也做我自己儿子，哈哈，老婆，这不就齐了嘛。

老屁正为自己的话得意呢，没防备脸上被掴了一巴掌。庞春娟甩着手，眼泪止住了，吼道，你好大胆啊李家飞，我瞎了眼怎么没认出你这狼子野心的家伙？你做我儿子？你做你自己儿子？

是……是……是啊。老屁想不起来他怎么又说错了。

庞春娟又给了他一巴掌，声音恢复以往的阴阳怪气，你当我儿子，当你自己儿子，这个主意好啊。

好吧？老屁谄媚地把脸凑上去。

好啊，我还要找个儿媳妇啊。庞春娟眼睛一瞪，是不是？

啊？老屁吓得连滚带爬钻进了屋里。

 # 身　体

　　王九和胡学海是从小尿尿和泥玩的朋友，一起长大，一起当兵，一起转业，又一起工作，连退休，也就相差半个月。

　　王九住在水桶巷底，紧靠盐河。王九工作的厂子，离他家只有十几米距离，但是，王九却不能步行去上班，而是要骑自行车，原因说起非常简单，隔着运盐河——塑料十三厂和他家隔河相望，这十几米宽的河道，就像一条天堑，把王九和他上班的工厂隔开了。无论他走南边的解放桥，或是北边的跃进桥，都有三四里路。三班倒的王九，只能靠着自行车赶时间了。

　　王九家孩子多，又挣得少，日子一直紧巴。他的自行车，也是老旧的长征，修修补补骑了十多年，再修再补，还能骑，又是十多年。原来的零部件，全部更换过了，有的还更换过好几次，车架上甚至绑着一根竹片子，脚踏更是木头做的。后河底人看到的王九，都是骑着哗哗乱响地自行车，一年四季，一年到头，风里来雨里去，王九到哪，他那辆绑着竹片的自行车，也必定在哪。可以毫不夸张地说，自行车，已经成为王九的一部分了。事实上，王九也的确把自行车当着他的一条腿，或者一只脚。而王九的腰肢，也因为常年骑车，长时间保持一个姿势，变型了，弯腰曲背，就连腿和胳膊，也呈罗圈状，伸不直了。他一挨肩几个漂亮女儿，在出嫁之前，都哭着对父亲说，爸，等您退休了，千万别再骑车了，走走路，遛遛弯，锻炼锻炼，身体可是本钱啊。王九点着头，心里发着狠，是啊，等退休了，轻闲了，不用赶时间了，一定扔了这辆破车，好好走几年路，锻炼不锻炼无所谓，图个轻快自在。

　　话说胡学海，一辈子不骑自行车。不是他不会骑或不想骑，实在是

因为上班就在家门前——隔着三步宽的裕隆巷，斜对面就是煤球厂大门，放个屁的时间就能从家里走到厂里。胡学海不但上班近，还从一上班，就干轻快活——煤球厂开票员，拿一支圆珠笔、掀几页单据的事，把力气都留着了。这个工作一干几十年，后河底家家户户都记熟了。谁家买煤球，不管买多买少，都要从他手里过。前些年，他记忆好，谁家的煤球快烧完了，谁家要来买煤球了，他能算出来，误差不会超过一天。

或许是因为常年坐着，缺少运动吧，胡学海也落下了一身毛病，腰椎间盘突出啊、脂肪肝啊、高血压啊，一窝蜂都来了，真是闲也闲得骨头疼啊。

随着年龄的增长，病症的增多，就连身高，也越来越矮了，原来一米七三的个头，最后一次体检时，居然才一米六七。

1992 年，胡学海和王九一前一后退休了。胡学海退休后忙的第一件事，就是到五金公司自行车柜台买一辆自行车。胡学海的自行车，可不是一般的自行车，而是一辆五变速跑车。胡学海骑着新买的自行车，飞一样穿梭在后河底大大小小的街巷里，还玩着"单撒把"和"双撒把"的游戏，嘴里甚至还发出"嚯嚯"声。胡学海转了几个街巷，心里轻快了很多，缩短了的身体也仿佛拉长了。胡学海身轻如燕地骑进了红旗弄，一拐就来到水桶巷底的王九家。

一个收破烂的，把王九骑了三十多年的自行车搬到机动三轮上，开车离去了。

两个老朋友坐在河边的石凳上聊天。王九心不在焉，一直盯着胡学海的变速跑车。

新买的。胡学海说，王九我是亏大了，这些年没骑车，没锻炼，身体塌了，你知道我现在才多高？打死你都不信，一米六七？原来咱俩可是一般高的，都是一米七三，对不对？可天天坐着，硬是坐缩了。这下好了，终于退休了，我可以弄辆自行车，到处跑跑了。王九你也搞一辆，咱俩打个伴。

王九听了好朋友的话，心里翻开了花，五味杂陈啊。

几天之后，人们看到的王九，是天天步行在街巷里，这里走走，那里看看，虽然他的腿罗圈了，腰佝偻了，走路老给人歪斜的感觉，但他乐此不疲。每天早上，更是天不亮就起床，跑把后河大大小小的街巷跑一遍。

王九会在某一个小巷的转角处，碰到胡学海，胡学海飞驰的变速跑车从王九的身边一闪而过。

拆 迁

时间是一个人，是一个非主流画家。

时间的头发又脏又长。脸色是青灰色的，感觉一辈子没洗干净一样。如果他的乱发也算是一点艺术，恐怕阿芳找不到他哪怕一丁点的气质了——这当然是阿芳现在的感觉了。就在一分钟前，他们还在吵架，没有什么要吵的理由，至少阿芳这样认为。但是时间要吵，而且很热衷的样子，阿芳也没有法子，只能陪他吵。

阿芳知道，他们吵不了多久了。阿芳现在不记得时间对她的好处，也不记得他们第一次做爱是在什么季节。他们第一次认识的那个楼梯，已经拆除了，因为那幢楼也拆除了。但是没有拆除的，是他对她说过的一句话。他当时噌噌地从阿芳身边窜下去，画夹碰了阿芳一下。他扭头看阿芳一眼，好意地说，走路靠边一点，这样发生踩踏事故时，还能保住性命。但是阿芳没有理会他，阿芳不会在乎一个男孩碰她一下的。他用不着变着法子解释，但是阿芳记得他青灰色的脸。

后来他再碰阿芳一下时，他们相爱了。

再后来，他们在这块从高楼上望，像一个垃圾场的棚户区——后河底街租了一套小房子。

吵架是从什么时候开始的呢？好像一搬来就开始吵了。

或者在没搬来之前就吵了。

吵架真的不需要理由，为一顿饭，为时间一张油画的色彩，为阿芳设计的建筑的造型，为时间接电话晚了几秒钟，为倒一袋垃圾，为洗一条内裤，为牙膏的口味，为吸烟……

阿芳知道他们没有立即分手是他们都不愿意离开这幢老旧的房子。

当然他们也知道这幢房子马上就要拆除了。三个月前，房东已经来关照过了，说他们的房租到期后，不用再续交了。这里马上就要拆了。房东的口气不像以前要钱时那么生硬了，他说，你们要住你们就住，你们要不住你们就走人。随时走。你们就是不走……那是不可能的，因为房子马上就要扒了。

时间呢？刚刚，一分钟前，我们还吵得不可开交，转脸就没人了。

阿芳少了对手，仿佛一拳打空一样的失落，洗衣服的手，一下子就没了劲。

时间不在屋里。那么他出去抽烟了。阿芳知道抽烟不是他逃避吵架的理由，他是真的需要抽一根，然后回来再吵。

但是这回时间回来时不吵了，而是笑嘻嘻的。他的笑嘻嘻让阿芳产生狐疑。他的笑嘻嘻就像抓到一把好牌，就像一张油画卖了好价钱。就像他吵赢阿芳——事实上他从来就没赢过阿芳。

画上了。时间突然说。

什么？阿芳一头雾水。

你出去看一眼。时间说。

阿芳走出房子。外面阳光灿烂。阿芳被晃一眼。原来是墙壁上写上一个大大的"拆"字，拆字的周围，还画一个红圈。时间说"画上了"，就是指这个圈吗？

真要拆了。阿芳也说，笑了。

真拆了。时间说，他也如释重负。

是的，吵架已经失去意义了。其实他们早就知道结尾。继续吵架是因为他们还要住在这里，因为他们谁都不想主动搬走。现在确实没必要再吵了。他们没有感情的屋子了，就要分手了。他们的感情，也像这幢破平房，墙皮已经剥落，墙基已经松动……

阿芳和时间互望一眼，恩爱地笑着。

曹 头

曹头是美女。

曹头是美女曹阿娇的外号。

这样的外号，用在一个美女身上，多少有些那个了。但是，没办法，大家都这么叫，顺口了。

曹头的职业是肉店大掌柜。曹头在后河底街开一间肉铺，已经好几年了。开始，她的外号叫"曹头肉"，和她职业直接挂了勾，几经演绎，就成曹头了。

曹头人漂亮，这是人所共知的。往肉案前一站，一手拿刀，一手拿锉（磨刀棒），嚓嚓几下，特精神。买肉的人，情不自禁都要多看她几眼。特别是她洁白的围裙下边，那掩饰不住的错落有致、高低分明的身体，就像少女一样柔韧、精致，似乎都能感受到强烈十足的弹性和柔软的水灵。曹头三十多岁了，眼看往四十数了，之所以能保持这么好的身段，只有她自己知道，天天跳舞，练出来的。

话说曹头跳舞的地点，不在后河底街，而是离后河底街好几里外的盐河边。

盐河本来是一条污染十分严重的河，经过这几年治理，已经成为城市一条著名的风光绿化带了，每天晚上，盐河边绵延十几里的沿河广场和绿地上，到处都是锻炼和散步的人。

在水闸边几棵高大的垂柳下，就是曹头她们的跳舞队。

和许多自发跳舞队一样，曹头一伙人也自备音响。

此时，她们正在随着《荷塘月色》翩翩起舞。略懂文艺的人一眼便知，这是民族舞蹈。领舞者不是别人，正是曹头。

曹头离开自己生活、工作的后河底街，隔几个街区，来到盐河边跳舞，附近的人没有人认识她。所以，她卖肉的身份，就没有人知道了。那些随她跳舞的小媳妇儿老大妈，不知从哪里得到消息，说曹头原先是市歌舞团舞蹈队的专业演员，因为年纪大，跳不动了，才来这里玩的。听的人立马附和道，是啊，要不，她舞蹈能跳这么好？还有人更正说，她根本就不是本地人，她是从北京的一个专业剧团下来的。

关于曹头的身份，真是越演越神奇了。

但是，也有人不理解，既然是歌舞团的，看她年纪也不大，怎么就有时间，天天来跟我们这些老太太跳舞呢？八成是出过事。

一个女人，一个漂亮女人，一个会跳舞的漂亮女人，能出什么事？一定是作风问题，不是好女人。

有人对这些议论不屑一顾，说，都什么时代啦，还这么封建，花心练大脑，偷情心脏好，你看人家小曹，哪里不好啊。

当然也有人附和，就是，自己好才是真好。

终于有一天，她的身份还是暴露了。原来是后河底街卖猪肉的。说话的人当然来自后河底街了，她是老锡匠的女儿，常回后河底街娘家，看过曹头操刀卖肉。她加入舞蹈队不久，属于新人。但她的话分量却不轻，大家虽然将信将疑，最后还是得到落实——果然是个卖猪肉的。

不知怎么的，有人突然就觉得，曹头的舞蹈并不怎么样，腰肢虽然如杨柳一样，但似乎软得过分。手臂伸展的动作也过于靠后，似乎在卖弄丰满的胸脯。又不是每个人都像她那样风骚，卖什么呢？真是卖肉的？

反正盐河边跳舞的队伍很多，有人加入相邻的跳舞队了。

随即，就有那些跟风的人，加入别的跳舞队了。曹头的跳舞队，几乎减员一半。

不懂内情的人会问，奇怪啦，今天晚上，人怎么这么少啊？

知道内情的人小心告诉对方，曹老师是杀猪匠，哪里是什么专演员啊，吹的。

对方看看前边领舞的曹头，鄙夷地一撇嘴，我早看出不来，这人不地道，还不知是什么货色呢，我明天也不来了。我家边那支跳舞队，很好。

这样的，曹头的跳舞队，人员再次锐减。

曹头并不知道人们这样议论，她继续白天卖肉，晚上按时来，按时领跳。对于新加入的新人，会手把手亲自教。新来的人，大都是被她美丽的舞姿吸引的。

渐渐的，跳舞队的人又多起来了。

 文 件

盐河边这片小树林最后几棵树木终于死了。

在原先小树林的地方，变成了垃圾场。

后河底街道居委会早就有话传出来，这一带就要拆迁了。可拆了好几年，依然不见动静。因为要创建卫生城市，有人把垃圾场整平，在这块空地种了草，还栽了花。

创建过后的第二年，草坪和花园，就被蒿草、藤蔓取代了。又过一年，由于不少人在这里取土，蒿草和藤蔓里便藏着许多大大小小的坑塘。每当雨季来临，这些坑塘里积满了水，经久不枯，到了夏天，蛙声如潮，好一派田园般热闹景象。

可惜好景不长，这块一个足球场大的杂草地，渐渐积满了垃圾，花花绿绿的塑料袋、破席头、烂沙发、西瓜皮、装修垃圾，这里一块那里一堆，很快连成一片，有捡垃圾的调皮鬼，还把几根破炉桶分别插在马桶里，像一门门大炮，随时要把垃圾发射到天空。

不知在什么时候，来了一个老头，把垃圾清理到一边，开垦一小块地，种上几垄黄瓜、几垄豆角，居然喜获丰收。老人尝到了甜头，继续在垃圾场里耕作，他采取的办法是，把垃圾运走，运到地处郊外的垃圾填埋场。日复一日，在老人的辛勤劳作下，菜园的面积渐渐扩大，垃圾渐渐减少，直到有一天，这里成了一块初具规模的园子。园子四周，是老人精心编织的篱笆墙，园子里，青枝绿叶，花红果绿，各种蔬菜都有，甚至在冬天还有塑料大棚。老人种的菜吃不完，就送到附近的自由市场上卖了。附近的居民谁都看得见，原先蚊蝇纷飞、恶臭飘扬的垃圾场不见了，代之而来的，是一片葱葱郁郁的菜园，不少人都夸这老头人好，

勤劳，手巧，为居民办了一件好事。

说来奇怪，当老人的菜园种了一两年，有了不菲的收入之后，人们开始窃窃私语了，这是公家的地盘，凭什么让他个人得利？有的说，这是哪来的老头啊，凭什么在我们的小区种菜。

有一天，居民委员会的主任来到菜园，找到正在自己打的一口水井里抽水浇菜的老头，说，老先生，你是哪儿人啊？老头说，就这里的，噢，对了，从乡下来的，老婆子帮女儿家带孩子了，我没事，种菜玩。主任说，你种这菜，违规，懂吗？老人很通情达理地说，知道，这不是俺家的自留地，也不是承包田，相当于拾边田吧……俺不是看这块地荒了太可惜嘛，这才拾起来种的，你看，一片绿油油的，多好看，请问你是……主任说，我是管这一块社区的主任，按照上级文件精神，请你不要再在这里种菜了。老头一听，愣住了，他担心的事终于发生了，官家不让种菜了。可老头有他的理由，便说，原来这里是一片垃圾场啊，我不种菜，这里又会成为垃圾场的，你们官家有文件规定这里是垃圾场？主任说，没有，这里不是垃圾场，这里严禁倾倒垃圾，但倾倒垃圾不属于我们居委会管，属于环卫部门管，我们只管不许你种菜，听到啦？老人诚惶诚恐地点点头，说，听到了。

于是，老人的菜园子被强行铲除了，还是开着推土机来铲的。被铲除的菜地上，一片狼藉，支离破碎的青绿色，随处可见，这里一堆那里一堆，还没有长大的萝卜，刚挂果的西红柿，刚开花的茄子，藤藤蔓蔓的豆角秧……老头蹲在一堆工具旁边，抱着头，看着自己亲手种植的蔬菜被毁于一旦，浑浊的眼睛迷茫了，嘴里不停地嘟囔着，可惜了，可惜了……

不久之后，这里被谁扔进了第一包垃圾，接着是第二包，第三包……垃圾越聚越多，蚊蝇开始肆虐，恶臭开始蔓延，人们在路过的时候，又捂住鼻子了。

老字号

后河底街在城市偏僻的北方，南边隔着一条运盐河，就叫后河。从后河的桥上走过，左右两侧沿河的街，就是后河底街了。当街老市民，都称"后河底"。如果在后面缀个"街"字，那他必定是外乡人。

胖头鲢就是外乡人。

胖头鲢在后河底，开一间"胖头鲢烤鱼"店。这是一间专做烤鱼生意的小饭店，门面不大，当街一大间，后边拖个小尾巴。

胖头鲢的生意真是惨淡啊，此地不是交通要道，也不是商业繁华地带，更不靠车站医院，附近老居民，又以下岗工人或租赁者居多，简单说，都是低消费群体。胖头鲢的烤鱼虽然好吃，香喷喷的鱼香味能传过好几条小巷，但是依旧少有人问津。

话说胖头鲢烤鱼店的大房东，是当街"名人"吴天。吴天原先在木工厂做木匠，手艺一直没有长进，不能独立工作，就连一张方凳，他都不会做，只能一直帮师傅打下手。有人说，他是学艺时，被师傅打痴了。而师傅一直骂他是蠢猪。吴天的出名，就是一个字，蠢。吴天下岗后，没有再就业，而是把这间老宅，承包给了胖头鲢，他自己呢，拿出房租的五分之一，再租屋另住了。吴天的生活，主要就靠房租了。胖头鲢生意做不起来，吴天和他一起急，有事没事，就到胖头鲢烤鱼店门口站着，等着胖头鲢出来。胖头鲢每次都屁颠颠地跑出来，扔一颗红南京给他。他深沉着脸，掏出火，点着烟，猛吸一口，两股浓烟从鼻孔里喷出来，煞有介事地说，你这个店，位置这么好，不愁火不起来。胖头鲢嘴上应着，眉头却一直紧锁。吴天也知道，靠安慰做不起生意。

一天，吴天站在胖头鲢烤鱼店门口，和胖头鲢一起吃烟。一辆小轿车在吴天身边徐徐停下，车窗摇下来，伸出一颗光头，大声说，操，这不是狗日的蠢吴天吗？

不用细看，吴天一眼就认出光头是自己的同门师弟，也哈地笑道，是你狗日的呀？听说你狗日的搞木雕，发大财，也不理我了。

发什么财啊，混呗。光头从车上下来，抬眼望一眼"胖头鲢烤鱼店"的招牌，惊讶道，你小子不错啊，搞这么大一盘店。生意好吧？

吴天刚要说话。胖头鲢抢过话头，献媚地说，生意没得说，火爆爆了。

是吗？哪天我来吃吃。光头脸一冷，小子，别怕，我光头可不吃白食。架势嘛。要是吃好了，老子就在你这儿定点。你先忙，我还有事。

看着远去的轿车，吴天不屑地说，张狂。

胖头鲢到底是生意人，他说，好事啊，看你朋友也是一个大吃户。能有几个大吃户架势，饭店一定兴隆。

吴天恍然大悟，一拍大腿，再朝远处望时，哪有光头的车啊。

说来也巧，光头当天晚上，就带着一帮朋友来了。烤鱼店的烤鱼十分地道。光头几乎没点其他的菜，光是几种烤鱼，就吃得他十分满意了。胖头鲢也不傻，专门打电话，让吴天过来。胖头鲢陪着吴天，带酒带烟，到光头的桌上，烟散一圈，酒敬一轮。光头和他朋友们更是很有面子了。

此后，光头又带其他朋友来吃几次。朋友们都说烤鱼好吃，味香，地道。这样，光头的朋友们，也会带着朋友光顾胖头鲢烤鱼店。胖头鲢烤鱼店的生意，就真正火了。胖头鲢是个重情重义的老板，他一不做二不休，让吴天任店里的经理。本来只是想让他挂挂名，拿一份薪水，没想到吴天认认真真地当起了经理，天天在店里。也好，这正合胖头鲢的意。有了吴天做帮手，胖头鲢也省了不少心，招呼客人啊，整理卫生什么的，吴天都能兼顾不少。胖头鲢也能一心一意把精力投入到烤鱼上，还研究出几套新的吃法。烤鱼店的生意也就渐渐火爆了，晚上都要开到深夜一两点钟，客人一茬来一茬去，钱自然也就没有少赚。

这一切，都让吴天看在眼里。

有一天，不知什么事，吴天和胖头鲢争执起来。争执得很凶，吴天平时不露面的女婿都来帮忙了，要把胖天鲢拎起来摔死。胖头鲢是外乡人，好汉不吃眼前亏，忍气吞声，回厨房吃闷烟去了。

过了不久，胖头鲢把店盘给吴天，走了。胖头鲢烤鱼店照常的开。只是老板变成了吴天。招牌上稍作改动，在"胖头鲢烤鱼店"的右上方，多了三个醒目的宋体字："老字号"。这自然也是吴天的主意了。

周围的邻居调侃道，都说吴天蠢。他哪里蠢啊，你瞧这事办的。

杂货店里议论的事

后河底街的冬天，灰暗而萧条，不多的几棵树上，老有乌鸦在叫。

杂货店的老顾就是被乌鸦叫醒的。

老顾起来赶走了乌鸦，嘴里骂骂咧咧的，不停嘟囔着，晦气，晦气。

豁唇就是在老顾的嘟囔声中，来到杂货店的。豁唇买一包红杏，抽出一支，叼在嘴上，跟老顾伸出手。老顾知道他是要打火机的，没好气地说，没有。豁唇也知趣，从口袋里掏出火机，点上烟，说，糖厂倒闭了，你没弄点？老顾说，什么？豁唇说，糖。老顾没理他，瞥一眼杂货店柜台下两只鼓鼓的蛇皮口袋。豁唇知道了，那是糖。豁唇说，等会我也去老张家，弄二斤过年。

说话时，老张来了。

老张是糖厂职工，天天骂厂长，也天天偷糖，经常被厂里抓住罚款。越罚，他越能偷。厂里罚他十块钱，他就偷价值二十块钱的糖。罚他二十，他偷四十，总之是要翻番的。糖厂像老张这样的职工，有好多。厂里采取各种措施，偷盗恶习终于得到控制。但厂里依然亏损严重。有好几次，老张不无得意地说，罚啊，叫他狗日的罚，工人都造反了，把阀门一拧，都冲进下水道了，我看他狗日的有多少糖冲。就这样，到了今年年底，宣布倒闭了。

糖厂倒闭了，老张家的糖却不少。豁唇看老张踱着方步，走过来，迎着他，扔根烟过去，说，老张，等会儿上你家弄二斤糖过年。老张在半空接住烟，说，你早说啊，一斤没有了。豁唇不信，说，你老张那么神通，怎么会没有糖？我给钱的。老张眉毛跳一下，说，等会你去家里拿。豁唇知道话多说了半句，有些后悔那根烟了。老张跟豁唇对了火，说，你小子不识时务，我让你给我弄几条麻袋，你嘴上答应着，麻袋呢？影子都没有，我要是有几条麻袋，还能多搞点白糖。你狗日的白在麻袋厂混了。老顾也附和道，他呀，在哪里也是混，你瞅瞅咱后河底，混最差的是谁？豁唇听了，脸上火突突的。

被人小瞧了的豁唇，仰望天空，看到庞春娟家二楼的窗户里，伸出一根竹竿，竹竿上晾着几件衣服，有裤衩，有围裙，还有一条被单，全是花花绿绿的手帕拼接起来的。庞春娟在手帕厂上班，她家不缺手帕。有人说，她家的花手帕，堆满一床。豁唇想想，自己在麻袋厂干了十几年了，家里确实一条麻袋都没有。豁唇想到这里，觉得没脸见人，干笑笑，准备开走，老张家的糖，他也不准备买了。本来他想不花钱弄点尝尝的。要是花钱，到糖烟酒公司不会买啊？稀罕。

豁唇刚一开步，看到乔寡妇来了。乔寡妇身体肥胖，屁股像磨盘，胸部像小山，走起路来身上乱颤。乔寡妇不久前才死了丈夫。她丈夫乔国良，是毛巾厂车间主任，管上百口女工，不知什么原因，下夜班路上，被人套进麻袋，乱棍打死了，案子至今没破。乔寡妇一摇三叹走到杂货店门口，哎哟一声，说，这么多人啊？什么热闹事？老顾呵呵笑着，说，没有事，说你呢。乔寡妇大红嘴一努，又妈呀一声，我有什么好说的。老张也调侃道，都说你腿上的睡裤好看。豁唇听了老张的话，也多看一眼，乔寡妇披一件旧羽绒服，露出来的肥腿上，穿一条毛巾缝制的睡裤。不用说，这是毛巾厂的产品。乔寡妇一听有人夸她，索性把羽绒服一扯，露出里面的睡衣，当然也是毛巾缝制的了，粉红色，有两朵巨大的嫩黄色向日葵，正盛开在她肥硕的胸脯上，很惹眼。老顾盯着向日葵看，晃晃照花了的眼。老张挤着眉说，好看。乔寡妇嘴一努，说，以后没有这些好毛巾了，我家国良要是不死，亲戚朋友家都有用不完的毛巾。老顾说，那是，我家床上的床单，还是国良送我的毛巾做的呢。乔寡妇嘴又一撇，说，都像你老顾这样讲良心、念旧情就好啦，我昨天都气死了，我想跟春年妈要一根塑料绳，春年妈硬是没给我，这不是势利眼是什么？想当初，我可没少给她毛巾用啊。她家又不缺塑料绳，谁不知道她在塑料七厂上夜班啊？切，我算看透这些人了。豁唇你也不是好人，你还欠我一条麻袋呢。老顾说，指望他给你麻袋啊？做梦吧？他是舍得买烟，舍不得用火的小气鬼。乔寡妇听了，哈哈大笑，身上的肉再一次乱颤，下气不接下气地说，豁唇，难怪你人缘这么差，就不能大方点？豁唇咧开嘴，不知是笑，还是要说话。但他还是头一缩，走了。

老顾家杂货店门口的人越聚越多了，他们快乐地谈论着各种事体。

三年后，许多企业大面积下岗，后河底街下岗大军浩浩荡荡，几乎人人不可幸免。他们聚在河边的绿化地上，或鸡尾巷口的那片小树林里，一边下棋打牌，一边大骂政策的变化。当然，老顾家杂货店还是人们常聚的地方。

到了2001年，豁唇所在的麻袋厂，也改制了，成立股份制企业。当然也有一批职工下岗。豁唇以为这回怎么也轮到自己了，也可以加入下岗大军的行列，和他们一起打牌、一起骂街、一起讲女人、一起嘻嘻哈哈了，再也不受他们的白眼了。可是，豁唇依然被留在厂里，依然干他的老本行——仓库保管员工。但是，豁唇，在后河底街，依然没有人缘，依然抬不起头来。

她走在他身边。

她和他相隔一个身位的距离。

后河底街初冬的下午，难得这样安静。

临河的店铺里，传出一个少妇清甜的声音，姐姐。

她侧转身。

他也侧转身。

他们同时看到，从店铺里闪身出来一个娇小的黄衣少妇，一手掀着门帘，一条腿跨在门槛上，瞟来妖而媚的笑眼。

她说，去我家拿字的。

漂亮的黄衣少妇冲她一笑，迅速回屋了。

我表妹，她说，别理她，小人精。

今天有些冷，是入冬以来最冷的一天，刚下过雨的小街上，结一层冰霜。天也是阴的。

她和他的心里，却洒满阳光。

拐进一条无名小巷，穿过去，就是洋桥弄了，再拐个弯，走到底，就是她家的院子了。

她和他一同走进下午的房间里。随即，窗外阴郁的天和潮湿的寒冷一同变成了另一个世界。

房子是一个三开间的两层楼房，在底厅里摆着许多张课桌，这是她教孩子们练书法的地方，也是她的工作室。墙上有一些字画，算不上精致，却别有情调。

她拿出一个纸卷，纤巧的手小心打开。原来是抄写在绢上的一幅小楷书法，五米多长，抄写五千余字，是一部经书。

她笑盈盈地说，要做成手绢才好了。

他点头，感佩地说，那是。这要花多少工夫啊。太好了。

她谦逊地说，哪里好啊。说着羞涩地看他一眼。

他的眼睛，正好逮住了她没来得及收回的目光。他从她的目光里，看出了她纯洁的心地和善良的情怀。他情不自禁地拉住她的手。她的手很瘦，很柔软。

她迅速侧身，看一眼落地的玻璃门，轻轻抽回手，说，这边还有一个小书房。

她领着他从侧门来到小书房，把窗帘拉上，说，这是我的书，全都是书法方面的。

她试图去拿书。事实上她的手已经摸到了书。但她还是被他轻轻搂了过来。

她身体很轻。他靠在书桌上，把她揽在怀里。

他吻她的脖子，吻她的耳廓，吻她潮湿的双唇……

她微闭着眼，发出细微的喘息声。

他拉开她羽绒服的拉链。掀起灰色的薄毛衣……他的目光在她起伏而神秘的身体上快速移动着。他感觉她细腻的肌肤闪动着变幻的光影，还有流动的美丽色泽以及蜿蜒变化的线条。他的喘息粗硕起来，再一次加大了亲吻的力度。

他嘴里嘟囔一声，含混不清，传递的信息却极为准确。

到楼上去。她的话轻得只能让他一个人听见。

穿过底厅时，她插好了落地玻璃门上的插栓。底厅后侧有一个窄窄的木楼梯。楼梯上摆着几双拖鞋。她说，不用换鞋。

她上楼梯时，牵了牵他的手。

上到二楼，先是一个挺大的过厅。过厅里有一个大衣架，上面挂满了她四季漂亮的衣服。有几件，他印象深刻，在不同的影集里，他看过她的照片，就是穿着衣架上的某一件拍照的。她的每一件衣服，在他看来，都很得体。

这是她的卧室了。

房间里有种特殊的气息，自然、轻柔而好闻，并非刻意的点缀。他心里涌动着感动，涌动着对生命的渴望。

　　床笫用品很家常，整理得也很家常……一切都是亲切的，自然的。这时候，他已经不像刚才那么紧张了，也不像先前那么冲动了。他停顿了一下自己，让自己的心放下来，让自己融入这亲切、自然而空灵的境界中。他要捕捉生命的神秘，只有这样，才能呼唤出自己，融入到自然中……

　　他把她完全打开了。

　　他们的身体相拥相融了，一些细节，一些干扰，一些曲线，一些连绵起伏，当然，也有节奏和呼唤，也有生命和运动的和谐……

　　他们若即若离地、恰到好处地依偎着，相拥着，去感受那飘忽于床笫的、缠绵而缭乱的怠惰。她呢，轻巧地拿过他的手，在他手心里漫不经心地划动着。不由自主的，她写了个"爱"字。

　　这是什么字？她说。

　　他用心想一下，把她抱紧了。

　　当他们从下午的房间里出来，穿过整洁的洋桥弄，走上那条临河的小街时，河边数家店铺更加的寂静。那个喊她姐姐的黄衣少妇的店门也是门窗紧闭。

　　他们不由得轻手轻脚地从黄衣少妇店铺前经过。不经意的，她瞟过去一眼。突然的，从店门里传出一声尖叫，紧接着，就是抑制不住的叫声——已经辨别不清是不是黄衣少妇的声音了，叫声是压抑的，喘息的，快乐的，有节奏的……

　　她拉他一下，诡异地一笑，加快了步子。

　　我的字呢？他说，你告诉你表妹的，说我是去你家拿字的呀。

　　她扭头，扮了一个调皮的鬼脸，波俏地呸了他一声，说，写在你手心里了。

钥　匙

　　早上，洗漱完毕，简单吃过早点，小娅准备去上班。

　　小娅找钥匙锁门，却怎么也找不到了。

　　小娅感到纳闷，钥匙会丢到哪里呢？小娅的钥匙只有三把，一把大门上的，一把办公室的，一把柜子上的，串在一起，外加一个类似于饰品的金属小链，平时都放在包里的，她把小包翻了好几遍了，依然不见钥匙的影子。小娅又在抽屉里找。屋里只有一张桌子，两个抽屉。由于刚搬来不久，她也没在抽屉里放任何东西——两个抽屉里空空如也。小娅又在床上找，就连枕头底下都找了，钥匙好像故意和她捉迷藏似的，不知躲到哪里了。小娅那个急啊，都想哭了。小娅上班的单位不远，因为找钥匙而迟到肯定不好，怎么办？小娅只好给单位领导打电话请假，说家里有点事，要处理一下。领导问她什么事，她吞吞吐吐没说出来。领导也善解人意，就准了她一天的假。

　　整个上午，小娅都在找钥匙。小娅请过假了，不急着上班了，心情就开始平静一些，她仔细地回忆——昨天晚上参加一个朋友的聚餐，喝了一点点红酒——只是浅尝一下，几乎不算喝。那个朋友新近失恋了，同居一年半的男友，因为另一个女人而离她远去，她悲痛欲绝，几乎不知道以后怎么活下去。小娅能说些什么呢？这时候的安慰话轻得连羽毛都不如，但也只剩安慰这一条路了。小娅和她有过相似的经历，只不过留下的伤痛更深——同居三年而劳燕分飞。小娅自然想到自己的不幸，回来时便神情恍惚。但是，拿钥匙开门，她是记得清清楚楚的，还产生了一丝小小的烦恼——找钥匙孔时，把钥匙掉到地上了。因为这个，小娅就能清楚地记得，她昨晚上是开门进家的——就是说，钥匙是她进门后丢失了的。那么会不会钥匙留在门上没取下来呢？也不可能。因为小娅每天晚上都反锁门的。又因为锁是老锁，只能用钥匙才能从里面锁，而今天早上小娅确实发现门是反锁上的。如此说来，钥匙还在屋里。小娅又开始新一轮的寻找。这一次她找得更细了，连床底下、桌子底下、椅子底下都找遍了，甚至卫生间的垃圾桶里都翻个底朝天。结果仍然一无所获。

小娅开始后怕。平不无故的，钥匙还能长了翅膀飞啦？如果不是飞了，就是被人偷走了……小娅想到这里，后背起了一层鸡皮疙瘩，她不敢想象，屋里隐藏着一个小偷，在她进入梦乡时，拿了她的钥匙，开门逃走后，再锁上门，连钥匙都带走了。这下小娅慌了，小偷会藏在哪里呢？她环视一下屋子，感到到处都有危险。

这是一套两室一厅的房子，在后河底街，这样三层楼的老式砖楼，已经很高档了。小娅住带阳台的一间，另一间被房东锁上了，说是放着自家的杂物。小娅先在厨房、卫生间里查看搜寻，试图发现蛛丝马迹。小娅什么都没有发现，连地板都干干净净的。小娅最后盯着锁死的那个房间看。小娅能看到什么呢？门板冷冷地和她对视着，只是不知道房间里会有什么。小娅从来没想过房间里会有什么，这一阵她不得不想了，这间房里会不会住着一个人？这个人平时不出来，只有趁她上班不在家时，或夜里熟睡时，才出来活动……还有这个储藏间，两个拉手上绑着一条链条锁的储藏间，在小娅的眼里也突然恐怖起来……它会不会也在她睡熟时打开……

小娅吓得钻进自己的房里，关上了门，跑到阳台上。

阳台上阳光白花花的，窗口下边的小巷也有人走动……小娅还是怕，心都要跳出来了，她掏出手机，给朋友打电话。她结结巴巴地让朋友赶快来一下，到她家里来。朋友不知道出了什么事，问一声，怎么啦？小娅几乎是泣不成声地说，出事了……

朋友曾经来她家玩过，路熟，离这里也不远，不到半个小时就到了。

朋友了解事情真相后，决定打电话给房东，请求换锁。房东自然不愿意，说一把锁几十块钱。朋友说这钱不用房东出，由她解决，房东这才勉强答应。

在换锁师傅工作的这段时间里，小娅要求房东把锁上的那个房间打开来看看。房东虽然不高兴，还是打开来了。小娅一看，里边全是书，好几个书橱，还有一张沙发，沙发上也堆着书，确实没有别的东西。小娅瞅着绑着链条锁的储藏间。房东知道小娅的意思，把储藏间也打开了，居然也是书。小娅长吐一口气，放心了。

一切收拾停当，小娅还是不让朋友走。朋友只好留下来陪她一夜。

就在晚上睡觉时，小娅感到身底有东西硌人，起身检查，居然是一串钥匙。

小娅和女友拥抱在一起，小娅哭了。朋友劝她，劝着劝着，也哭了。两人越哭越伤心，稀里哗啦地哭了半宿。

谁知道她们哭什么呢？

早 晨

八月一个阴晦的早上，古志刚从床上醒来，在床底一堆脏衣服中，挑选一件相对干净的 T 恤，放在鼻子上闻闻，虽然有种怪异的酸臭味，毕竟是自己的气味，还能忍受得了，便草草了事地往身上一套，出门了。

凌晨的后河底，大大小小的街道上，人迹稀少，天空阴沉沉的，气压很低，古志刚扩展一下胸，深呼吸几口污浊的空气，有种喘不过气来的感觉。路边的花花草草十分灰暗，花瓣树叶上沾染的灰尘，仿佛与生俱来一样，这和他此时的心情颇为相似。于是记忆的河水开始泛滥，还有昔日的阳光和朋友的面孔，次第从眼前闪现。

两个小时以后，古志刚弄来一辆来路不明的自行车，骑行在花果山大道上，往城西骑去。花果山大道就像一条特大江河，上班的人流不断汇集到河中，形成浩浩荡荡之势。其实时间还早，七点半还不到，古志刚感叹现在的人们，真是惜时如金了，这么早就出门了。

与这些上班族相拥在同一条河流里，古志刚一时产生幻觉，不知自己要干什么，难道要像二十年前那样，赶去上班？骑到海洋学院门口，古志刚才突然顿悟，原来是要到王丙渔家。到王丙渔家干什么呢？古志刚想想，皱着眉使劲想了一会儿，也没有想好——也就是说，是某种身体语言，把他引领来的。既然来了，就去看看王丙渔吧。古志刚在心里对自己说，据说他老婆内退了，需要祝贺一下吗？古志刚也不知道。

王丙渔穿着大裤衩，正在小院里侍弄花草，透过低矮的铁栅栏，他看到推着车，从小区弯道上走来的古志刚。

王丙渔的老婆叫吴静，正端着一盆花花绿绿的衣服从屋里出来了，她看到拎着花壶发呆的丈夫，问，怎么啦？

王丙渔说，志刚来了。

吴静看一眼已经冲他们张望和挥手的古志刚，迅速放下盆，对王丙渔说，衣服你晾啊，我不想见他。

王丙渔小声嘀咕一句，你以为我想见啊。

但他不见是不行的，谁让他们是朋友呢？谁让他们是曾经的同事呢？谁让他们又都是画家呢？

志刚，这么早，有事啊。王丙渔走到栅栏边上，冲他喊。内心里不想让古志刚进来，便趴在栅栏上，和古志刚说话。

古志刚已经看到穿着居家服、一冒头又躲回去的吴静了。古志刚也知道王丙渔趴在铁栅栏上的意思。古志刚便知趣地扶着车，说，我没有什么事，一大早来，能有什么事？又没到中午，要是到中午，我就不走了，就在你家喝两杯，现在才是早上，你连班都没去上，说不定连早饭都没吃。你知道，我不吃早饭的，一直不吃早饭，所以你家的早饭我也不吃一口，所以……你还是不知道我来干什么吧？

不知道，志刚你绕的弯子有些大了，志刚你要是有事，可以打个电话来，我手机号码一直没换。再说了，你也没少在我家吃饭，我又没说不让你吃，你是什么意思呢？不过今天中午真有好吃的。王丙渔把声音压在喉咙里，小声道，吴静早上买了鱼，你喜欢吃的黄花鱼。

切，黄花鱼有什么好吃的。古志刚已经决定不进他家了，便极为不屑地说，你两口子就喜欢吃鱼，天天身上腥呆呆的，臭死了。你两人就是两条臭鱼。

你这家伙，你也不是见鱼就不要命了嘛。王丙渔啐他一口，你忘了我电话了吧？

没有，怎么会呢？你的电话我记牢牢的，不过我不爱打，这事不是打电话的事。古志刚瞟一眼王丙渔家关着的门，故意大声说，有些事可以打个电话，有些事不能打电话，这你是知道的。我一早跑来，肯定有重要的事，这事非跟你们说不可，啊？是吧……

啥事？

古志刚像是故意卖个关子。其实他是没想好要告诉他们一个什么出人意料的事。

快说啊志刚。

古志刚灵机一动，叹息一声，轻轻摇摇头，可惜地说，你朋友……也是我朋友，刘文道，死了。

什么？王丙渔大叫一声，死啦？他比我们两人都小啊，五十不到吧？

刚刚五十。古志刚的声音再次提高一些，死得太惨了。

怎么啦？吴静从屋里冲出来了，她手里还拿着半根油条，一边的腮帮也鼓着，可能是是一口油条还没来得及嚼碎吧。吴静跑到栅栏边，身上的肉乱颤，惊讶地问古志刚，刘文道怎么就死啦？他身体那么棒。

古志刚看一眼吴静。吴静又发胖了，在原来胖的基础上，再胖了一圈。她穿一身两件套的睡衣，湖蓝色的，上面开着几朵硕大的金黄色向日葵，有一朵大花，正好夸张地开在她左边乳房上，猛一看去，感觉她的胸脯一大一小、一高一低了。

车祸……还能怎么死，车祸死的。古志刚看吴静神色惊异，看她松松垮垮领口里打堆的赘肉，心里感叹道，连吴静都老了，当年，她可以疯狂地爱上了刘文道啊。

古志刚目的达到了，更加夸张地说，很惨啊，那个现场……啧，我都不敢说了。

别说别说。吴静握油条的手摆着，眼里迅即就噙满泪水，另一只手拽住王丙渔的胳膊，两条肥腿麻花一样紧紧并着，问，他女儿……还在国外读研吧？

古志刚没有回答，他掉转车头，说，你们在家啊，我走了，我还要去通知别的朋友。

别啊……慌什么。吴静说，你还没进家坐坐呢。

志刚事多，哪有心情坐，下次吧。王丙渔用胳臂碰一下吴静，说，志刚，有没有需要我们通知的朋友？

没有了，都让我通知吧。对了，车祸是夜里发生的。人躺在殡仪馆冰柜里。追悼会嘛，时间还没定。

王丙渔看着古志刚跳上自行车，拐过一幢别墅，才对吴静摇摇头，表示对刘文道的怀念和可惜，同时，看着吴静绕起来的腿，知道她又喷尿了，便冷冷地说，夹不住啦？

吴静没有说话，脸上是一种似笑非笑似哭非哭的表情。

王丙渔看到，吴静的腿上，哗哗流下一股水。王丙渔暗自庆幸——没有当着古志刚尿，已经算不错了。但，同时说明，刘文道的死，真是太突然了，让吴静受不了了。

王丙渔说，你把初……那个初恋给了刘文道……

你直接说初夜不就得了么？真没见过你这么吃醋的。吴静把腿夹得更紧了。

可这个死鬼刘文道，给你什么呢？惹下你这个病……唉，我怎么说你哦……

这下好了，这个小狗吃的一死，我的病也不会犯了。

王丙渔松一口气。在心里说，不犯才怪。

垃　圾

北林在电脑上看电影。北林一口气看了十几天电影几十部片子了。这些天他像着了魔一样，不再天天玩游戏了，而是一天大半时间都盯在电脑屏幕上，把脑子都看昏了。但是，他要干的几件事还记得清楚，一是把垃圾扔了，二是把地板擦一遍，三是院子里的花该浇水了——这都是老婆交代的。

老婆一早上班时，再三叮嘱他，别忘了扔垃圾，别忘了擦地，别忘了浇花。

北林上午看的电影叫《铁皮鼓》，这部史诗巨片沉长而拖沓，不够紧凑，情节也不离奇不曲折，看得北林精疲力竭。有一段时间，北林都要昏昏欲睡了。北林只好让电影暂停，去干老婆交代的几件事情。他先是收拾了垃圾。北林家有五个垃圾筐，里间一个，外间一个，卫生间一个，厨房一个，书房一个，还有一个在院子里。也真是巧了，这五个垃圾筐几乎同时满了。北林手脚麻利地把垃圾袋拎出来，扎好口，一只一只拎到院子里。这样，出门时就不至于忘了。北林是经常忘了老婆交代的工作而被老婆唠叨、训斥，所以他学乖了，把容易忘的事放在眼皮底下。当然了，北林又利用这个间隔，擦了地板，浇了花。老婆安排的事，都做了，除了地板擦得稍微马虎些外，另两件工作都可以说是尽善尽美。但是，电影实在像一杯温吞水，不看完又觉得可惜，看了似乎又是浪费时间也是浪费感情。北林就一边看电影一边做点自己的事——他收拾几件衣服，准备中午到母亲那边吃午饭时，带过去洗。对了，北林中午都是到母亲那边吃饭的，老婆中午不回来，他一个人的饭不好做，就到红旗巷母亲那边混一顿。衣服也顺便带过去，放在洗衣机里搅和搅和，吃完饭再带回来晾晒。

关于洗衣服，北林没少挨老婆骂。家里的洗衣机坏了十几天了，老婆让他想办法修，他也是拖拖拉拉到现在。昨天老婆洗衣服还骂了他。好在夏天都是小衣服多，老婆都用手洗了，大衣服呢，就让北林带到母亲那边洗。

北林找了自己的几件衣服，无非都是内裤汗衫什么的，胡乱塞进一只塑料袋里。北林眼一瞟，发现沙发上还有老婆的一条牛仔裤，也顺便塞到一起。

北林干完这些，离中午还有一个多小时。北林决定要把《铁皮鼓》看完。德国人做事一向严谨，不会弄一步粗制滥造的垃圾影片来糊弄人吧，后边肯定有还精彩的情节。抱着这样的心态，北林给自己给自己打气，泡杯云雾茶，重新坐在电脑前。

让北林不能容忍的是，这部电影真的就是一部垃圾片，典型的垃圾片，百折不扣的垃圾片。北林心情不能说糟糕透顶，至少是长时间处在后悔中，一个上午啊，都给这部破电影纠结着牵引着，真是亏大了。

北林的云雾茶也没喝出什么味来，他拎着院子里的几袋垃圾，出门了。

母亲和北林同住后河底街，扔了垃圾后，拐进一条无名小弄，就到母亲住的红旗巷了。母亲知道他要来，包了好吃的素水饺，馅子是蘑菇、菜心和鸡蛋皮，透鲜。北林吃了一大盘。回家的路上，还想着，中午小睡一觉后，下午一定要找一部好看的电影，弥补一下上午的损失。实在找不到好片子，就继续玩游戏啦。

北林腰上的手机就是这时候响起来的。北林习惯性地看一眼号码，果然是老婆。老婆在电话里问他，垃圾扔了吗？北林油腔滑调地说，老婆大人安排的事，哪敢不完成啊。老婆又安排他另一件事，让他下午抽时间去一趟超市，买几样东西，就用她刚发的那张超市卡。老婆还告诉北林，超市卡就放在沙发上牛仔裤的口袋里。

北林接完电话，才想起来，他上午把老婆的牛仔裤塞进塑料袋，准备带到母亲那边洗的，幸亏忘了没带，不然，那张超市卡一定是洗坏了。幸亏幸亏。北林想着，觉得事情不对，便一路狂奔跑回家。果然出事了，那个装服的塑料袋不在了。

不需要准确的回忆，北林拿脚指头一想，都能推断出来，他把那只装衣服的塑料袋，当成垃圾，和那一堆装垃圾的袋子，一起扔了。

北林再一次狂奔到公共厕所边的垃圾箱。他试图从垃圾箱里找到那只垃圾袋。但是，捡垃圾的人穿梭不停，他明知徒劳，也还是试了试。

北林在垃圾箱里翻找的结果，就是出了一身臭汗又弄脏了衣服，结果是一无所获。

北林坐在河边小树林的条石凳上，勾着头发呆，想着晚上如何在老婆那里自圆其说。本来他是想干一件好事的，不知哪根筋搭错了，把好事办砸了。北林越想越窝囊，身子也越发的瘫下去，样子就像人家随手扔到路边的垃圾。

北林一直坐到太阳西下了，眼看下班时间要到了，他还没有想出对付老婆的办法来。而这时候，老婆的电话偏偏又来了。老婆问他那几样食品买了吗？北林心里窝着一肚气，冲着电话，大声说，没买，买什么买啊，都是垃圾！电话那头停了一小会儿，仿佛就是小半晌，然后才是老婆的声音，那就……不买吧。

后河底大大小小的小巷里路灯亮起来的时候，北林还坐在那儿。他没有动窝，姿势也几乎没有变。要不是老婆找过来，他多半还是这样坐着。老婆拨动他一下，心疼地说，哎，回家啦，身上怎么弄成这样啊？

北林抬起头，脸上有些疲惫。他看着温情的老婆，说，明天，明天我要出去跑跑，找个工作干干，不能老让你一个人工作啊，再这样下去，我就真的成……真成垃圾啦。

小白鞋

我家池塘的码头嘴上，小梅常常来洗衣刷鞋。

小梅有一双漂亮的小白鞋，和她漂亮的眼睛一样吸引着我。我这样说的依据是，小梅的眼睛不是顶大，却细细长长很有些妖媚，偶尔瞟我一眼的时候，都是雾蒙蒙含混不清的。她的小白鞋因此在我眼前也不够真实。但这一点也不影响我的喜欢。我要透露给你的是，小梅的小白鞋不是女知青们喜欢穿的那种。女知青们穿的白色球鞋，是从上海买来的，有的干脆就是上海货。她们在微风习习的向晚夕阳下散步在长满青草的小径上，和男知青的回力牌球鞋交相辉映，吸引了多少女孩的目光啊。

小梅和许多乡村少女一样，做梦都想有一双那样的小白鞋。可惜小梅没有机会得到那样一双正宗的小白鞋。小梅的小白鞋，实实在在是黄色解放鞋洗出来的。说起来，这还是小梅的一个秘密。小梅躲在我家池塘的码头嘴上，悄悄地把一双解放鞋泡在花瓷盆里，擦上肥皂，用鞋刷子刷，刷呀刷，小梅拼命刷鞋的夸张动作和怕被别人看见的慌张神态，让我觉得非常好笑——小梅以为她的秘密没有人看见，小梅一直都这样自以为是。她万万没有想到，在离码头嘴不远的地方，也就是池塘的另一侧，那棵老柳树的大树杈里，躲藏着一双眼睛。小梅的一举一动，都让那双眼睛看得清清楚楚了。

小梅是我好朋友兼敌人丁三的妹妹。丁三这家伙喜怒无常，跟我一起捡破烂卖的时候，我们是割头不换的朋友。但是他有个毛病，就是不允许我上他家去。我只要到他家了——其实刚走到磨道里，他就立即迎出来，把我给轰走了。"谁让你来的！"丁三在我肩窝里捣一拳，"你就不能在南园喊一声？"丁三的拳头很重，把我捣了个趔趄，然后盯着我看。

一般情况下，我的裤腰里，或腋下，会藏着偷来的白麻搓的大鞭梢、或生了红锈的车瓦，最不济也是一只塑料鞋底，这些东西可以卖到供销社的废品收购站里，卖的钱不是平分，而是让丁三拿到街上买狗肉冻子吃了，或者喝一碗漂着油花的杂烩汤。丁三会留一口给我，以示对我的奖赏。其实我不需要他的奖赏。我只想到他家去玩玩，看看小梅坐在自己的床沿上纳鞋垫的样子。但是每次都被丁三干扰了。丁三打量我几眼，恨不得看透我的皮肤，看看我的皮肤下边藏没藏着大鞭梢。这时候我的心里往往藏着怨恨，这种怨恨一条一条地滋长，越来越长，最后变成了几根大鞭梢。我想把这些大鞭梢统统抽在丁三的脸上。

后来我改变策略了。我知道小梅常在我家的码头嘴上刷鞋。

我躲在那棵老柳树下，看她端着白底红花的瓷盆，小心地踩着石阶，走到临水的那块条石上。小梅先用手划一下水，塘水亮闪闪地跳起来，然后就起伏着一圈一圈的波纹，那群戏水的小麦娘鱼，便争着钻进了丛丛莲叶中。她把盆里打上水，把小白鞋浸泡在水里——严格地说，这时候的小白鞋还不够白，还介于黄白之间。小梅是坚决要把解放鞋洗成小白鞋的。她已经洗了几水了。不，应该至少有十几水了吧？谁知道呢。我看到她洗刷这双鞋的时候，才是五月初。而现在，暑假就要结束了，这双黄色的解放鞋也真是顽固透顶，洗了晒，晒了洗，依然不能像女知青的小白鞋那样白，我都替小梅焦急了。但我发现小梅一点也不急，她依然耐心地一次次洗刷。小梅的耐心让我吃惊。她的耐心还体现在，在她没把解放鞋洗成小白鞋之前，是不会上脚穿一天的。

小白鞋（权且这样称呼吧）还浸泡在水里——应该还要泡一会儿。这时候的小梅会玩玩水。小梅脱了脚上的塑料凉鞋，拎起裙子，小心地试试水，踩在被水淹没的石阶上。我看到塘水淹没了她的膝盖。她也一下子矮了许多。我知道水里的石阶上生满了青苔，不留神会滑倒摔进水里的。小梅会游泳吗？我不知道。如果她不会游泳就会被淹死。小梅的腿长长的，洁白而丰满，略略不协调的是她的脸，干干巴巴的又瘦又黄。她从我家门口经过时，我祖母就曾说过："这孩子，一个夏天长这样高，脸却不见长啊。"我祖母的话一点也不对，我就没见到小梅长个子。我只见到她的眼睛细细长长的，一直伸到鬓角里。我和小梅是一个班里的同

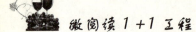

学。我们暑假过后就都升入初中了。我们就要到镇里去上学了。一想到这里我就高兴。但我们还会是同班吗？我们能够一起走在上学放学的路上吗？小梅平时不爱讲话，我有很多话都不敢问她。但是如果小梅这时候摔进水里，我会毫不犹豫地把她救上来。她的衣服一定湿透了。她说不定还呛了水。她吓得瘫坐在石码头上……当然也会哭的。就在我这样漫无边际想象的时候，小梅真的张开了双臂，腰和屁股在不停地扭动……呀，她就要摔倒了，她身体一个前倾，双手伸进了水里……还好，她最终还是保持了平衡。她重新站稳了，裙子也滑进了水里。她把裙子再次拎起来，我听到她嘀嘀咕咕自言自语。她说什么呢？"不要紧。"我听到我的声音。我吓得赶快捂住了嘴。其实我并没有说出声音来，我只是在心里说，不要紧不要紧。

小梅重新坐在码头嘴的石阶上刷鞋子了，她把湿了半截的裙子向上挽了挽。我不知道她的小白鞋刷的怎么样了。我被她裸露的洁白的腿晃花了眼。

暑假开学的前一天，我在我家门口池塘边的老柳树下等小梅。我痴痴地以为，小梅还会去刷她的小白鞋。十二三岁的女孩刚刚到了爱美的时候。我想象着穿了小白鞋的小梅多么的神气，如果她走在夕阳映照的田埂上，也会和知青一样美丽。

我没有等来小梅。我等来了丁三。丁三在码头嘴上张望几眼，跑了。我看到丁三跑到我家门口，纵身一跃，跳到了猪圈顶上，继续四下里张望。丁三是找我的。只要我不出来，他就找不到我。丁三向村东口跑去时，我悄悄地跑到小梅家。我老远就看到小梅坐在磨嘴上。我心里咯噔咯噔地跳。其实我不应该心慌意乱，我是去找丁三的。但是我知道我心里的秘密，我知道我为什么心跳。

我越来越靠近小梅了。我发现小梅在哭。她勾着头，非常的泄气，眼泪默默地流下来。我不敢打扰小梅，我的脚步很轻。我躲在她家门口的丝瓜架下，看到小梅的那双小白鞋了。应当说，小白鞋真的变成了和女知青穿的一样的小白鞋了，如果没有见过这双鞋的变化过程，谁会相信这是一双黄色解放鞋洗白的呢？可小梅为什么会流泪？是什么事让她如此的悲伤？莫非是她三哥欺负了她？小梅抬起手腕，抹一把眼泪，拿起了一只小白鞋，看了看，又恨恨地摔到了地上。

我真的不知道为什么。我真想跑过去，帮她捡起小白鞋。

捡起小白鞋的不是我，是小梅自己。这回她没有立即摔它，而是往脚上穿。小梅脚蹬手拽，脸都憋红了，把脸上的雀斑都憋出来了，还是没有把小白鞋穿到脚上。天啦，小白鞋被她洗小了——也许是她的脚长大了。从五月，到现在的八月末，四个月了，正在长个子的小梅，脚也跟着长大了。

小梅再次恨恨地摔了鞋。

小梅赤着脚，跑进了屋里。

那双小白鞋，一只在磨道里，一只在磨嘴上。那是一双多么漂亮的小白鞋啊。

初 恋

一

暑假还没有开始的小学校园里，女生们总是对天气的潮热抱怨不休。她们三五个人聚在一起，喋喋不休地传播着其他小团体的坏话。

小梅不属于任何一个小团体，她总是一个人走来走去，在上学放学的路上，在割猪菜的田埂上，就是在操场上玩，她也总是一个人远远地望着遥远的蓝天。她会唱歌，这是毫无疑问的，有一回我在河边逮柴喳喳（一种鸟，喜在芦秆上做窝），可能她没有发现我被密密匝匝的芦柴淹没吧，歌声就响起来了，是那首最流行的《远飞的大雁》，她轻轻地唱道："远飞的大雁，请你快快飞，为革命刀山敢上火海敢闯啦哈……"她正在忘情歌唱的时候，突然间发现了我。歌声戛然而止，取代的是一张涨红了的脸。她嘴里似乎还嘟囔一句，可能是骂我吧，然后，手指上缠着一根红色塑料头绳，快步走开了。我看到她两条齐肩长的辫子，有一条散开来。她一边走，一边编。

我跟在她后边，看她灵巧地把辫子编好，又一直跟着她走到学校。

过了几天，我在操场上的粪堆边捡到一块三角形的塑料布，可能是化肥口袋的残片吧。那时候的女生只有两种发型，一种就像小梅那样的长辫子，另一种就是三面齐的短发，俗称柯香头，不分年龄大小，都可以梳。扎辫子的女生大都是红色或绿色塑料头绳，货郎担上只卖五分钱一根。我捡的这根，和女生们买的差不多。

我把塑料布放在河水里洗净，用直尺和削笔刀制作成一根头绳。

教室里，小梅就坐在我前排，如果我趴在课桌上写作业，她要是直起腰甩辫子，辫梢常常从我的脑袋上掠过。

趁课间同学们都出去疯玩的时候，我拿出我精心制作的塑料头绳，对小梅说，给你。

不要，从粪堆上捡来的。

小梅的口气多么不屑啊。她居然知道这根头绳的底细。她什么时候发现我在粪堆上捡塑料布的呢？在那一瞬间，我十分的难为情，真想一头钻墙缝里——我那点小心思，被她一眼看穿了。

那一年，是初一的下学期。几天后，我们就放暑假了。

二

晒场边上是一条小河。

我和小梅家的稻田挨在一起，打谷场也挨在一起。

这时候，我们已经初中毕业，都失学在家。

我们两家人经常在一起干活，放水、耙地、插秧、收割、晒场、农忙时，我和小梅天天见面。我们人大心大，会想好多事，却不大讲话了。本来她就内向，我也不太活泼，这样一来，就好比陌生人一样。我妹妹和她倒是什么话都能说得来，大人们之间关系也非常好，可是，我们像仇人一样，似乎在那两三年里，就没交流过一句话。其实我们单独在一起的机会并不少，比如中午吃过饭，我从家里出门下湖，她家门口是必经之路。很多时候，她也正巧出门。这样的巧合，我感觉她是故意在等我。于是，她在前，我在后，或我在前，她在后，相隔两三米或五六米的样子，往田里走。在我的印象里，好像永远都是夏天，她戴着一顶宽边大草帽，穿一件白的确良长袖衬衫，蓝色长裤，黑色方口鞋，有时也穿洗白了的解放鞋。她应该是个大姑娘了，对，1981 年夏天，我们应该十七八岁了。就这样，两个年轻人，走到自家的稻田里，插秧，或收割。收工的时候，她和我妹妹，叽叽喳喳地说话，我和她哥哥也会讨论一下庄稼地里的事。

有一天，我在门口树下乘凉，听到大人们在灯下密谋，要派我远房的一个二爷，去她家提亲。二爷欣然同意，还非常兴奋地说，小梅多好啊，要是嫁到别的庄，太可惜了。我听了，心里咚咚跳，高兴得很久睡不着。

但是，一连几天，不见动静，就像唱大鼓书说的，此书暂且不表。

不久之后，我隐约听到大人们又嘀咕，说是什么辈分问题。听口气，还在商量中。

转眼就到了秋天，正是收稻子的时候，经过几天的抢收和脱粒，金黄色的稻谷晒满打谷场，就像铺满一地黄金。中午时分，我正在摊晒，听相邻的长辈说，小梅家来亲戚了，是小梅对象来了。我听了，手里扶着木锨，好久没有动，不是说好要让我们好的吗？连媒人都找好了啊？怎么会这样啊？心里的悲伤很大，跟着就有些怨恨，怨恨大人们说话不算数，也连带着怨恨小梅，怎么就同意了这门亲事呢？

那天中午，我蹲在我家仓房门口，黯然神伤，悄悄落泪。隔一天，晒场上的粮食要运回家了，在装好口袋后，我看小梅去河边洗手，我跟过去，问她，我们不是说好的吗？我的话显然有些语焉不详，有些似是而非。但是，小梅听懂了，她脸很红，看我一眼，然后不说话，快步离开了。

这年秋后，在父亲安排下，我到植物园上班了，再也不用我下田了，自然，也就没看到小梅。

来年夏天，小梅出嫁了。

小梅的婚车是从我家屋后经过的，我听到二爷又是咂嘴，又是叹息，说，可惜了。

三

三十年后的夏天，母亲有事去一趟老家。回来时，跟我说，知道我回家看到谁啦？看到小梅了，跟我乘一辆车，真巧。

都几十年下来了，还提她干什么呢？但母亲确实是这么提了一句。我心里咯噔一下，关心地问母亲，她什么样子啊？母亲说，还和在家时一样，干干净净的。我说，还是白衬衫，蓝裤子？母亲又是赞许又是喜悦地说，对对对，一样一样，一点没变。

不知为什么，我心里也是喜悦的。似乎，小梅的夏天，一直延续到现在，还似乎一直这样延续下去。

水泥制品厂

夏天的水泥制品厂，就是一个大火炉。热浪把水泥场地都烫焦了，如果谁往白花花的水泥场地上吐一口唾液，立即就会冒起一股烟尘。

对，我就在水泥制品厂上班。我的工作就是把由水泥、黄沙和石子等混合在一起的原料，搅拌成合格的混凝土，然后，由另一班人打成一块块楼板或一根根桁条。

这个工作很累，也很苦，夏天才过一半，身上已经脱了好几层皮，脸也跟黑驴屎蛋一样黑了，但是，有一种快乐，是别人不能体验的，那就是，每天都能看到慧。

慧是我妹妹的同学，她在水泥制品厂一墙之隔的中学里读书。慧的叔叔是石英沙厂的会计。石英沙厂和我们水泥制品厂在一个大院子里。靠近北墙，有一排十几间石墙红瓦的平房，是石英沙厂的职工宿舍和食堂。慧就住在其中的一间里。我们的水泥场地，说起来有些霸道，有一截，就伸在那排平房的前边。如果住在宿舍里的人想抄近路，必须从水泥场地上经过，所以，我每天都能看到慧。这里要顺便交代一下，由于天气异常的热，我们干活是没有时间的，早上天一亮，趁着太阳还没有出来，我们就上班了，到了九点，一个上午的活就干完了，下午也是五点才干活，一直干到天黑才下班，选择这样的班次，无非就是躲开中午酷热的高温。这样一来，慧在上学和放学时，正巧都在我们上班的时间段里。她从我们的场地上经过，自然地就落在我的视线之内了。

慧是漂亮的女孩，虽然稍矮了些，却一点也不影响她的美丽，相反的，还有一种玲珑的乖巧。我喜欢她，从内心里对她产生爱慕，却不敢向她表白，甚至连说话都不敢，这一方面是她还在念书，另一方面，是我心虚胆怯，怕她对我的冒失产生反感。有几次，我在大门口和她不期而遇，远远地看到她时，由不得的心慌意乱起来，担心她会怀疑我故意这样和她邂逅，因此，在擦肩而过时，我的头都抬得高高的，假装视而不见。她也从来没有和我打过招呼。不过她一定也看过我在水泥场地上干活时的狼狈样子了，光着上身，臭汗横流，像经历一场残酷的战斗。

不过我们还是因为一次偶尔的意外事件而接触了。

那天阳光格外的暴力，下午五点我们走向水泥场地时，就像走在滚烫的开水里，感觉有许多火辣辣的东西披在身上。我端着一个特号陶瓷茶缸，茶缸上有一行为人民服务的红色大字和一组知识青年在广阔的农村里战天斗地的劳动场面。这个茶缸每天都装满开水，跟随我来到场地上，在我口渴冒烟时我会端起它咕咕喝几口。

茶缸就放在拉紧的钢筋旁边，离我搅拌的混凝土大约有两步之远。

慧放学了。她每天都是在这个时候放学回来——说起来真是奇怪，我能听到学校放学的铃声，那种悠长而缓慢的铃声。不久之后，慧就出现在大门口。多半时候，她都是急急地走来，在路过我们水泥场地时，她就要小心多了，因为场地上有新打的水泥板或桁条，她要从这些水泥制品上跳过来。今天，她在跳过那排新拉的钢筋时，脚被绊了一下，我的那杯水就被弹回来的钢筋抽翻了，当当当的，陶瓷花缸滚在水泥场地上。慧被惊住了，我看到她站在阳光里，脸色通红，手足无措的样子，嘴唇似乎动一动，但什么也没说。我也惊慌了，语无伦次地说，对，对不起……没烫着吧？她很不好意思地笑一下，说，我给你倒一杯。

慧跑进宿舍，拿出了竹壳暖水瓶，可她在给我的茶缸冲水时，又发生了尴尬的一幕，她的水瓶里没有倒出一滴水来。慧这次更加的不好意思了，她小声地说声对不起，又抱歉地笑了，露出了洁白整齐的牙齿。慧说，我忘了……早上就没有水了……我到厨房去打啊。慧拎着水瓶急急地往平房另一端的食堂里走，可食堂的门锁上了。慧几乎是垂头丧气地走过来，说，今天是星期天……

慧站在我对面，中间只隔着一排贴地的钢筋，两手把壶抱在胸前，纤细而优美的胳膊在阳光下熠熠生辉。她羞涩地望着我，似乎在等待我的批评。她脸上已经流满汗水了，头发贴在了白皙的面颊上，脸上的表情和眼神都是抱歉的。

没事，今天不渴。我说，你回屋里啊，太热了。

慧"嗯"地轻应一声，说，我知道，你都是到供销社的开水房打水的……慧没有再说下去，她可能知道那是我仅有的一杯开水了，而且正是上班时间，我也没有机会再去打水了。她像邻家小妹受到委屈一样，不情愿地回宿舍去了。她的不情愿，似乎缘于我没有批评她，是我的过错似的。

过了一会儿，慧又走了，手里多了几本书。按照我对她行踪的了解或推测，她现在是去晚自修的。

在天将黑未黑的时候，我们的活干完了，我把东西收拾在手推车上推回仓库之后，拎着铁桶在水龙头上接水准备洗澡。在哗哗地流水声中，我看到水泥场地上闪烁着淡淡的落日余晖，屋顶上方的天空已经布满金色的烟霞。暮色渐渐四合，那渐渐消退、渐渐黯淡的颜色看上去更美丽了。隐约的，我看到那排平房的前边走过来一个人……我心里突然地激动了，那不是慧吗？她正往我这边走来。

暗紫色的暮霭从地面上冉冉升起，空气纯净如银，宁静安谧。慧的脚步轻快而有节奏，她在离我好远就大声说，我给你送水来了。

我看到她手里端着一只稀见的保温杯，笑吟吟的，离我几步远就站住了。暮色此时更加的温情而柔和……